... E qui, augurandoti
"buon viaggio", con affetto,

Ale ♡

Lo straniero di Parigi ©Alice Gerini
Foto copertina ©Alice Gerini
Edit Copertina: ©AOC France/Italia
Mail
gerini.alice@gmail.com
Facebook
Alice Gerini Pagina

I fatti narrati in questo testo sono pura finzione dell'autrice. Ogni riferimento a situazioni, cose, persone, città menzionate realmente esistenti è utilizzato solo ed esclusivamente ai fini della narrazione.

Alice Gerini

Lo straniero di Parigi

A Te, che hai sorriso

Capitolo 1

Stupida, stupida, stupida!
Layla teneva la testa tra le mani mentre cercava di interrompere inutilmente i singhiozzi disperati, i gomiti poggiati sulle ginocchia e il resto del corpo rannicchiato sulla scalinata del palazzo sconosciuto. La testa continuava a ripeterle gli insulti come una cantilena severa ma giusta, ancora incredula per ciò che era successo. Che le era successo. Perché le cose brutte dovevano capitare sempre e solo alle persone buone? Che aveva fatto di male per far sì che la vita o il karma la punissero in maniera così eccessiva? Si era sempre comportata bene con tutti e come risultato cosa aveva ottenuto? Niente!
Davanti a lei Stacy sbraitava in un gergo ben poco consono ad una ragazza di così bell'aspetto, chiunque si sarebbe voltato nel vedere tanta bellezza far uscire dalla bocca rosso fuoco tanta cattiveria, il cellulare in mano con lo schermo che illuminava a giorno il viso ben truccato.
"Stai tranquilla, troveremo una soluzione." Disse infine cercando di mantenere una calma apparente e per consolare un'amica ormai sul baratro del panico più profondo.
Come risposta Layla scosse la testa violentemente. "Ma che soluzione vuoi trovare? Che soluzione vuoi trovare!" esclamò due volte come se l'amica non avesse compreso davvero la gravità della situazione. Spostò le unghie sulla testa alzando alcune ciocche castane, sentiva gli occhi gonfi sicura che il nero profondo si fosse arrossato per via del pianto. "Non c'è una soluzione!" concluse da sola gridando e attirando ancor più l'attenzione dei passanti,

promise a sé stessa che il prossimo curioso inutile avrebbe ricevuto un bel pugno sul naso.
"Stai tranquilla ho detto!"
Si stava innervosendo anche Stacy e non era un bene dato che era lei quella delle due famosa per la sua fermezza e freddezza. Se anche Stacy cadeva nel baratro del panico allora sarebbe stata la fine.
Il cuore non smetteva di battere come un ossesso, era convinta che presto le sarebbe venuto un infarto, il corpo tremava nonostante fosse una calda serata di fine estate.
Layla riusciva ancora a sentire lo strattone al braccio, la borsa che scivolava via e il ladro sparito in un lampo. Era successo in meno di un secondo poco dopo la loro uscita da un locale sulla via del *Moulin Rouge*. Un attimo, la durata di un respiro e di una risata e la borsa era sparita. Non appena si rese conto del fatto aveva chiamato aiuto ma i passanti avevano finto di nulla troppo impegnati a curiosare, lei e Stacy indossavano tacchi alti quindi impossibilitate ad un inseguimento e non c'era un uomo delle forze dell'ordine nel raggio di metri e metri.
L'ultima serata della loro vacanza si era trasformata da sogno ad incubo. Avevano progettato tutto in ostello: serata lungo le vie del *Moulin Rouge*, bevute per i bar più stravaganti di *Pigalle* e andare direttamente all'aeroporto per prendere il volo verso casa.
Una notte da non dormire mai.
E invece, proprio mentre stavano camminando insieme lungo *Pigalle*, qualcuno l'aveva strattonata e spintonata. Borsa sparita e con essa il cellulare, il portafogli, le chiavi della stanza d'ostello e il biglietto aereo.
Il biglietto aereo!
Poco prima di uscire dall'ostello Stacy aveva insistito nel lasciare i biglietti assieme ai bagagli, avrebbero preso tutto prima di andare all'aeroporto ma Layla, convinta che sarebbe stato più al sicuro dentro la borsa, non le aveva dato ascolto.

"Sono stata una stupida…" piagnucolò buttandosi nuovamente dentro le proprie ginocchia. "Scusa, avevi ragione!"
Stacy le si avvicinò sedendosi al fianco e cingendole le spalle con un braccio, solitamente adorava sentirsi dire che era nella ragione ma quella sera nonostante la rabbia nei confronti dell'ingenuità di Layla, non se la sentì di darle addosso, sarebbe stato troppo anche per lei. "L'ambasciata è aperta dalle sette e mezzo fino le diciassette." Cercò di rassicurarla sfregandola un po' e scaldando quel corpo tremante.
Ma la pessima notizia non fece altro che aumentare il panico. "Oh santo Dio! Il nostro volo è alle cinque del mattino! Come faccio adesso?"
Stacy non seppe che dire.
E Layla scoppiò nuovamente a piangere.

Tornarono in ostello a testa bassa e sconsolate a conclusione che la serata non aveva preso la piega tipica della festa e della spensieratezza, ma il totale opposto.
L'ostello non era tanto grande ma nonostante questo era molto accogliente: una piccola reception nascosta da un alto bancone, la sala comune con un paio di divani e un computer, la cucina affianco e due camere da sei posti ognuna. Dava l'impressione di una vecchia casa restaurata allo scopo di ospitare giovani con poco denaro ma con grandi aspirazioni per un indimenticabile viaggio a Parigi.
Certo, anche Layla e Stacy non lo avrebbero dimenticato, peccato in senso negativo.
Il ragazzo della reception le sentì rientrare e sorrise di cortesia, in realtà detestava il turno di notte ma non poteva nemmeno mostrarsi annoiato, ne avrebbero risentito le recensioni degli utenti alla struttura. Il sorriso però si sciolse non appena vide la bionda abbracciare l'amica disperata. Cercò di parlare con loro, di informarsi,

ma si fiondarono in camera senza dire nulla e senza degnarlo di uno sguardo.
Cinque minuti dopo Stacy uscì dalla stanza per andare a prendere un bicchiere d'acqua.
Finalmente il ragazzo ebbe occasione di far domande avvicinando la bionda in cucina: "Cosa è successo?" Era mosso sia dal dovere lavorativo che dalla curiosità, vedere due ragazze rientrare di notte con una in lacrime non era mai una cosa buona.
A differenza della migliore amica, Stacy non si fidava mai di niente e nessuno se non della propria famiglia, di Layla e del proprio istinto, eppure decise di raccontargli il brutto accaduto, chiaramente lo fece in maniera molto sbrigativa cercando comunque di esser più chiara possibile: passeggiata, furto di documenti e partenza imminente. Aveva bisogno di parlarne con qualcuno anche se avrebbe preferito suo padre o sua madre, dovette accontentarsi di lui.
Meglio di niente.
"Ho controllato su internet, l'ambasciata Americana non aprirà prima di domani mattina." Stacy scosse violentemente la testa a destra e a sinistra, nervosa per l'incapacità di poter fare qualcosa. "Il nostro volo partirà alle cinque ma non la faranno mai salire senza un biglietto o un documento, soprattutto senza un'adeguata denuncia all'ambasciata o alla polizia."
Stettero in silenzio, un po' in imbarazzo per non saper cosa dirsi e un po' a disagio.
"E' colpa mia." Riprese Stacy di colpo bevendo un sorso dell'acqua che era destinata all'amica. "Ho insistito io per non andare a dormire questa notte e guarda che è successo."
"Non è colpa tua." Rispose lui in un americano a dir poco eccellente, ottima pronuncia, abituato ad avere a che fare tutti i giorni coi turisti ormai qualcosina l'aveva imparata. "Posso accompagnarla io domani mattina all'ambasciata."
Come risposta lo bruciò con lo sguardo.

Poteva fidarsi dopo aver assistito inerme ad un furto? Chi era quel ragazzo e perché all'improvviso diventava così disponibile nei confronti di due clienti? Si rispose da sola: appunto perché si trattavano di due clienti e temeva la scrittura di una recensione negativa sui principali siti internet per turisti, un male incurabile per gli ostelli.
Tuttavia Stacy si costrinse a rifiutare. "No, cercherò di rinviare il mio volo, starò qui con lei."
"Scusa se mi permetto ma la tua presenza qui sarebbe inutile. Anzi, a maggior ragione dovrai tornare in America e avvisare i suoi genitori di quanto è accaduto così che possano trovare una soluzione." Il ragazzo prese un foglio di carta e una penna su cui scrisse il suo nome per intero, indirizzo dell'ostello e un numero telefonico. "Se non ti fidi di me questi sono i miei dati, il mio indirizzo e cellulare personale. Stai tranquilla, ci penserò io alla tua amica." Si corresse adornando il tutto con un sorriso. "Anzi, ci penseremo insieme."
Stacy esitò. Lesse il biglietto un paio di volte per poi prendere un lungo respiro. "Se tutto andrà per il verso giusto, tra pochi mesi diventerò avvocato." Lo minacciò senza pensarci troppo e alzando il foglietto con su scritti tutti i dati. "Azzardati a torcere un capello a Layla e ti faccio chiudere."
Senza aggiungere altro tornò in stanza.

Layla sembrava essersi addormentata di colpo, probabilmente lo stress della serata era calato trasformandosi in pesante stanchezza, almeno avrebbe riposato un po'.
A luci spente e aiutandosi ogni tanto con lo schermo del cellulare come torcia, Stacy preparò la valigia facendo attenzione a non dimenticare nulla, una volta concluso il bagaglio tornò dal ragazzo alla reception.
"Hai un foglio e una penna?" senza dir nulla le allungò il tutto, velocemente e scrisse poche righe. "Grazie."

Il foglietto scivolò sotto la porta della stanza che l'aveva ospitata per una settimana. Raccolse il bagaglio caricando sulla spalla una seconda borsa, salutò il ragazzo che rispose educatamente ed uscì dall'ostello con il cuore in gola, non vedeva l'ora di tornare negli Stati Uniti, la prima cosa che avrebbe fatto sarebbe stato contattare immediatamente i genitori di Layla per trovare una soluzione.
La sua migliore amica, la sorella mai avuta, da sola a Parigi e in mano ad uno sconosciuto. Stava davvero facendo la cosa giusta? Andarsene, tornare a casa per chiedere aiuto a chi avesse più potere?
Il dubbio, la tensione e una profonda tristezza la accompagnarono per tutto il viaggio di andata verso l'aeroporto, il taxi scivolava per le vie deserte a causa del tardo orario, scrisse immediatamente un messaggio a sua madre dicendole che sarebbe tornata da sola, le spiegò tutto sperando che non le telefonasse. Per fortuna sua madre era tanto sveglia quanto lei, avrebbe avvisato i genitori di Layla per tempo.
Pagò il taxi con i pochi soldi che aveva messo da parte, attraversò l'ingresso del gate dopo aver imbarcato lo zaino e fu quasi un sollievo sedersi sul sedile dell'aereo.
Il posto vuoto accanto a lei, tuttavia, le creò una profonda tristezza.
Certo non aveva immaginato il viaggio di ritorno in quel modo ma ormai era andata, la decisione era presa.
Esattamente come la migliore amica, lo stress e la rabbia si scaricarono in una profonda sonnolenza.
Era talmente stanca che nemmeno si accorse del decollo.

Capitolo 2

Layla si svegliò ore dopo nella stanza vuota, il bagaglio di Stacy sparito. Aveva preso la decisione più giusta, in cuor suo sapeva che una volta messo piede in America avrebbe contattato i suoi genitori per avvertirli del guaio. Quel pensiero la mandò inevitabilmente indietro alla sera prima, a quel maledetto ladro e i maledetti passanti che non avevano fatto nulla per aiutarla, non che si aspettasse chissà, forse anche lei non avrebbe mosso un dito se fosse accaduto a qualcun altro, ma le forze dell'ordine! Che ci stavano a fare se non inseguivano nemmeno uno stupido ladro? Forse credevano che scherzasse, che fosse ubriaca e in cerca di guai.
"Porca vacca!" sbottò portando la mano alla fronte cercando di cacciare indietro le lacrime, non aveva intenzione di piangere di primo mattino, la testa già girava parecchio per via delle pessime ore di sonno e per i pensieri che da subito avevano iniziato a martellarle in testa.
Cibo, doveva far colazione anche se non aveva particolarmente fame.
Con malavoglia trascinò i piedi fuori dal letto, indossò le ciabatte avvicinandosi alla porta, sul ciglio trovò un foglietto bianco piegato. Curiosa per natura, si chinò e lo aprì, l'inconfondibile scrittura dell'amica le fece saltare il cuore in gola.

Lally, stai tranquilla. Non appena tornerò a casa avviserò Dalia e Albert e sono sicura che troveremo una soluzione. Il ragazzo della reception ti aiuterà a raggiungere l'ambasciata, mi raccomando non fidarti troppo. Ti voglio bene e a presto, ne sono sicura!

Lo lesse nuovamente immaginando la voce di Stacy e in qualche modo riuscì a tranquillizzarsi.
Ma si, dopo tutto non era poi la fine del mondo: non aveva esami da sostenere, era ancora viva e vegeta e Stacy avrebbe confortato i suoi genitori. Era senza soldi e senza cellulare ma ogni problema a suo tempo.
Era incredibile quanto potere avesse Stacy su di lei, un paio di righe ben scritte, l'immaginare la sua voce e già si sentiva meglio, soprattutto all'idea che avrebbe pensato ad un modo per riportarla in America.
Per una volta volle concedersi il lusso di pensare che sarebbe andato tutto bene.
Prese un lungo respiro ed uscì dalla stanza, dopo essersi data una rinfrescata in bagno (fortunatamente non c'era nessun altro ospite dell'ostello ad occuparlo), si cambiò indossando abiti comodi, d'istinto cercò il cellulare ma ovviamente non lo trovò. Sospirando abbattuta andò alla reception, il ragazzo la stava aspettando visibilmente assonnato con un paio di occhiaie che sottolineavano il verde chiaro e azzurro degli occhi.
Il senso di colpa si aggiunse all'imbarazzo del momento. Poverino, pensò Layla, per colpa sua non avrebbe riposato dopo il turno notturno.
Era sempre stata di indole buona, non riuscì a credere che fosse lei la vittima della situazione ma che, allo stesso tempo, si preoccupasse per uno sconosciuto a cui sicuramente non mancava nulla.
Si accorse di lei e sorrise. "Buongiorno."
Aveva qualcosa di strano, quelle labbra aperte e l'espressione sincera riuscivano in qualche modo a sollevarle il morale. Forse contagiata da quella misteriosa allegria, Layla riuscì a sorridergli di rimando: "Ciao."
"La tua amica mi ha già detto tutto, finisco di rispondere ad una e-mail e partiamo verso l'ambasciata. Va bene?"
"Certamente."
Aspettarlo era il minimo che potesse fare.

Una volta alzatosi non poté fare a meno di fissarlo spalancando gli occhi: non aveva mai visto un ragazzo così alto e così ben proporzionato. Ora che lo guardava con attenzione non era poi così male: gli occhi chiari brillavano anche se coperti da una leggera patina di sonno, i capelli castani perfettamente allineati e pettinati, un bel fisico, spalle larghe tipiche degli sportivi.
Le lanciò un sorriso incoraggiante e per un secondo si sentì avvampare.
"Sei pronta?"

Passeggiarono vicino la Senna, lungo *Quai des Tuileries*, e persino al mattino presto Parigi sembrava piena di vita: persone che uscivano di casa, i primi taxi che viaggiavano lungo il viale, i battelli pronti a caricare turisti, persino gli uccellini erano belli pimpanti nello svolazzare da un albero all'altro, alcuni scivolavano sulla Senna, altri tagliavano la strada senza farsi troppi problemi.
Tutto quel trambusto le ricordava una piccola New York e si rabbuiò al pensiero che, se fosse stata più attenta, a quest'ora sarebbe con Stacy in qualche *Starbucks* a ridere e scherzare sulla loro vacanza.
E invece…
Sospirò abbattuta guardando il cielo, non era una giornata particolarmente soleggiata e il caldo era meno opprimente rispetto i giorni passati, camminare a passo svelto non fu un peso, lo era di più stare a passo col ragazzo che con quelle gambe lunghe riusciva a coprire una distanza ovviamente maggiore della sua.
Maledetti alti!
Come se le avesse letto nella testa e rendendosi conto di star andando troppo in fretta, il ragazzo rallentò un po': "Dobbiamo attraversare *Place de la Concorde*, poi saremo arrivati."
Solo allora Layla si rese conto che nessuno dei due aveva più parlato da quando erano usciti dall'ostello.

Non gli aveva nemmeno detto il suo nome, che maleducata. Se ci fosse stata sua madre probabilmente l'avrebbe incenerita con lo sguardo. "Comunque mi chiamo Layla."
"Alex."
Un nome poco francese, su un viso che, visto di profilo, aveva altrettanto poco di francese.
Fece per tempestarlo di domande quando la lingua si frenò alla vista di *Place de la Concorde*. Parigi e Layla non avevano iniziato col piede giusto a causa del volo in ritardo, dei negozi troppo cari e degli apparenti locali inesistenti, odiava quella città (dopo tutto chi mai riuscirebbe ad amare il luogo in cui ha subito un furto) eppure per un attimo non mancò di ammirare lo spettacolo che le si parò dinnanzi. La piazza situata ai piedi di *Les Champs-Elysées* era ampissima, circondata da lampioni, la fontana che spruzzava acqua producendo un dolce rumore alternato al rombo delle macchine che iniziavano a girare per la città, un obelisco centrale toccava il cielo e i geroglifici impressi erano talmente ben curati da sembrare molto recenti e costruiti da stampanti moderne, piuttosto che da antichi scultori. Senza accorgersene, Layla si era fermata ad ammirare il tutto a bocca semi aperta, talmente concentrata che non appena Alex aprì bocca il cuore le saltò il gola.
"E' qui che furono ghigliottinati Luigi XVI e Maria Antonietta." Incrociò le braccia sorridendole nel vedere la mano al cuore. "Scusa, non era mia intenzione spaventarti."
Layla scosse la testa riprendendosi, al suono di quelle parole si immaginò la scena dei due famosi reali davanti la folla inferocita. "Figurati. Non sapevo fossero stati ghigliottinati proprio qui."
Sì, aveva letto di quella storia sui libri, ma la realtà era che le sue conoscenze sul mondo parigino si basavano soprattutto sulla visione di un cartone animato degli anni

'80. Non lo disse ad Alex onde evitare di fare figuracce o peggio, risultare infantile.
"Parigi è piena di storia." Continuò lui dandosi un'occhiata attorno. "Non puoi camminare senza incontrare qualcosa di importante o con un particolare significato."
Si, era un bel posto ma Layla non si trovava lì per turismo bensì per parlare con qualcuno in grado di aiutarla e riportarla a casa, le bellezze storiche potevano passare decisamente in secondo piano.
Alex, che evidentemente aveva compreso l'intento di Layla, sospirò lievemente abbattuto. "L'ambasciata è poco più avanti, ti accompagnerò e ti aspetterò fuori. Ti dispiace?"
"No, certo."
Cercò di convincere più se stessa che lui, forse un alleato contro quei burocrati non avrebbe causato troppi danni.

Non erano affari suoi, per questo Alex aveva deciso di rimanere all'esterno dell'ambasciata Americana evitando gli sguardi dei presenti, tutti quegli occhi stupiti e il rossore nelle guance delle donne. Ma dai, non avevano mai visto un ragazzo alto quasi due metri con gli occhi azzurri e i lineamenti duri? Mosso dalla pessima sensazione di sembrare un fenomeno da baraccone (o peggio, merce di scambio) Alex si allontanò dall'ambasciata per tornare su *Place de la Concorde*, sospettando che la ragazza (Layla, giusto?) avesse ancora parecchio tempo da perdere lì dentro.
Eccola lì, la sua Parigi piena di vita, con le persone che andavano e venivano, coi primi turisti che scattavano foto ora alla fontana, ora all'obelisco. Accese una sigaretta anche se non era un assiduo fumatore ogni tanto gli piaceva il sapore di tabacco in bocca, da lontano osservava con attenzione ogni cosa si muovesse sotto al naso. Qualche turista asiatica scattò un paio di foto in sua direzione ma non si spostò, concesse loro dello stupore a differenza di pochi minuti prima con gli uomini e le donne

dell'ambasciata. Sapeva che in Asia (Giappone o Cina, non era mai riuscito a distinguere con precisione i loro tratti somatici) non vi erano molti ragazzi come lui e dunque fu abbastanza piacevole fare da modello, lanciò loro persino un sorriso e vederle ridacchiare mosse il cuore.
Ah, le donne...
E chissà come se la stava cavando la ragazza americana dentro l'ambasciata, si chiese di nuovo per quale motivo avesse deciso di aiutarla. Non per la minaccia dell'amica, figurarsi se uno come lui si faceva spaventare da un mezzo avvocato, era stata la sua indole altruista e il suo buon cuore a far sì che fosse lì ad aspettare Layla uscire dal palazzo. (ma dovette ammettere a sé stesso che forse temeva anche e soprattutto delle recensioni negative, i turisti erano sempre imprevedibili e trovavano le loro valvole di sfogo nelle persone più improbabili). Un'occhiata all'orologio al polso e le gambe si mossero da sole verso il luogo in cui aveva lasciato l'ospite sperando che avesse finito e che portasse buone notizie.
Per sua fortuna e a dispetto di come pensato poco prima, non dovette aspettare molto, Layla uscì e dall'espressione sul viso non sembrava esser andato tutto secondo i piani. Per un attimo fu tentato di andarle incontro per consolarla qualunque cosa avesse detto, ma ci ripensò e lasciò che fosse lei ad avvicinarsi.
"Che ti hanno detto?"
Layla portò le mani ai fianchi. "Che il prossimo volo disponibile per l'America sarà fra tre settimane." Allora sbottò alzando la voce. "Tre settimane! Io che cavolo faccio qui tre settimane senza un soldo e senza un posto dove stare? Sai cosa mi ha detto, quel vecchiaccio maledetto?" un attimo di silenzio in cui schiarì la voce: "Signorina, non muoviamo certo un aereo privato perché lei è distratta e si è fatta derubare! E poi dobbiamo accertarci che ci dica la verità." Tornò con la sua voce normale. "Mi hanno fatto il test di cittadinanza, il test! Ti rendi conto? Questi americani idioti!"

Alex non poté far a meno di sorridere divertito nel sentire un'americana insultare la sua stessa razza. E poi aveva una faccia così buffa quando si arrabbiava. Tornò serio con non poca difficoltà. "Almeno ti hanno fatto chiamare a casa?"
"Si, per fortuna, anche se per via del fuso orario per poco non ammazzavo i miei genitori di infarto. Papà provvederà a mandarmi dei soldi non appena..." Di nuovo una smorfia allarmante, in pochi secondi sarebbe scoppiata in lacrime: "Tre settimane, che faccio adesso? Dove vado? Sono senza soldi, senza un tetto sopra la testa." Ripeté disperata, come se dirlo ad alta voce aiutasse davvero a risolvere qualcosa.
La risposta arrivò inaspettata per entrambi, le labbra di Alex si mossero da sole così come le spalle dall'alto verso il basso. Il tono che uscì fu pericolosamente ovvio.
"Vieni da me."

Già stretto per l'ansia e la paura, il cuore di Layla si bloccò di colpo nel sentire quella proposta.
Scosse appena la testa chiudendo gli occhi, la vana speranza di svegliarsi sul proprio letto a casa e che si trattasse tutto di un assurdo sogno.
"Che hai detto?"
Come se avesse proposto una banale passeggiata, il ragazzo fece spallucce, di nuovo. "Vieni a vivere da me, tanto abito da solo e non mi sembri una di cui non ci si possa fidare."
Layla si concesse un secondo, stava succedendo troppo in troppo poco e mai come in quel momento sentì il bisogno della migliore amica accanto, lei avrebbe sicuramente trovato una soluzione più logica e meno rischiosa. Andare a casa di uno sconosciuto per tre settimane? Fidarsi di uno di cui sapeva a malapena il nome? C'era da dire, però, che se avesse voluto farle del male avrebbe potuto quella stessa mattina. Non aveva poi così tante altre alternative,

senza soldi e senza documenti nessun albergo, ostello o qualunque altro alloggio avrebbe accettato la sua presenza, non da quando il Mondo in generale era diventato un posto ostile.

Dormire sotto lo stesso tetto di Alex era davvero l'unica soluzione possibile? Cercò nella testa eventuali amici, conoscenti o parenti presenti in Francia ma non le venne in mente assolutamente niente.

Cosa avrebbe fatto Stacy al posto suo? Cosa le avrebbe suggerito? Persa nei dubbi e nei pensieri, Layla si accorse appena dello squillo del cellulare, Alex le sorrise come a volersi scusare voltandole le spalle e iniziando a chiacchierare.

E non appena aprì bocca i dubbi caddero in un pozzo senza fondo, tutta quella assurda situazione svanì. Alex stava parlando non in francese ma in una lingua tutta sua fatta di suoni duri ma allo stesso tempo morbidi, ora agitato, ora tranquillo, la telefonata durò poco meno di un minuto ma a Layla bastò per illuminarsi.

Ci aveva azzeccato: non era un parigino.

"Cos'era quello?" chiese una volta che il ragazzo chiuse la comunicazione.

Un po' perplesso, Alex aggrottò le sopracciglia senza nascondere un sorriso divertito. "Quello cosa?"

"Quello!" indicò la mano del ragazzo.

"Credo sia un cellulare, ma non ne sono sicuro."

"Ma no!" Layla allargò leggermente le labbra, incredula che per la seconda volta fosse riuscito a farla sentire meglio nonostante la pessima serie di eventi.

"Intendi la mia lingua d'origine, vero?"

"Sì!"

"Lasciamo stare" si affrettò a dire Alex, segno che non aveva intenzione di parlarne.

"Perché mai dovremmo lasciar stare? Le lingue straniere sono bellissime!" scoprire che Alex fosse definitivamente straniero l'aiutò a prendere un po' di coraggio, la curiosità scaldò la lingua facendola muovere senza troppi problemi.

Voleva sapere di più, non conosceva quella parlata e in qualche modo sentiva che l'intrigava. Era da aggiungere alle cose da studiare una volta tornata in America.

Alex non fu dello stesso entusiasmo, anzi sembrò ben felice di tornare a parlare inglese: "Ci sono cose più belle della mia lingua d'origine, per esempio la *Tour Eiffel*."

Layla espresse tutto il suo disappunto con un verso ed una smorfia infantile: "Quell'ammasso di ferraglia? Per carità. Il turismo da vecchi non mi interessa."

"Turismo da vecchi? Secondo te la *Tour Eiffel* è un'attrazione per vecchi?"

"Assolutamente si."

Alex annuì convinto.

Ben presto le avrebbe fatto cambiare idea.

Capitolo 3

'L'ammasso di ferraglia', come lo aveva chiamato Layla, si avvicinava sempre di più e con esso la miriade di turisti che scattavano foto o ammiravano stupiti la struttura.
Durante tutta la passeggiata verso la Torre, Alex non aveva detto una parola ma non smetteva di sorridere, a differenza sua lei non riusciva a capire tanto entusiasmo per un monumento così orribile. Un po' nervosa anche per il fatto che il suo compagno di viaggio non avesse proferito parola, Layla fu molto tentata di girarsi e andarsene, se solo avesse avuto un posto in cui andare.
Si trovava all'aria aperta eppure era in trappola.
Sospirò abbattuta camminando ad occhi abbassati fin quando Alex non le sfiorò a malapena il braccio: "Resta qui."
Sparì tra la folla, e solo allora Layla si rese conto di quanta ce ne fosse. Uomini, donne e persino bambini di diverse razze erano lì imbambolate a fissare la struttura col naso all'insù, con poca voglia li imitò.
E rimase senza fiato.
L'ammasso di ferraglia non era poi così male se visto da vicino: i quattro pilastri portanti mastodontici innalzavano la struttura verso il cielo, vista dal basso dava l'idea di una ragnatela di ferro perfettamente costruita. Solo quando si trovò al centro si rese conto che l'ammasso di ferraglia era in realtà un prodigio della volontà dell'essere umano. Quante settimane di lavoro, quanti progetti e quante mani erano servite per costruire qualcosa di così magnifico? In un certo senso si sentì al sicuro sotto la Tour Eiffel, la sensazione fu quella di un abbraccio materno, protettivo, e per un attimo il cuore si intenerì nei

confronti della stesa città che nemmeno ventiquattro ore prima le aveva tolto ogni voglia di fare la turista.
Interpretò l'abbraccio di ferro della *Tour Eiffel* come un modo per chiederle scusa, e un po' stava funzionando.
Si avvicinò a dei pannelli esplicativi e quello che lesse non poté che farle esclamare un verso di stupore: costruita in poco più di due anni per celebrare il centenario della rivoluzione francese, la *Tour Eiffel* aveva rischiato di esser demolita in quanto contrastava con i canoni della bellezza della città.
E allora Layla alzò di nuovo gli occhi un po' indignata: perché voler distruggere una cosa talmente grande che aveva comportato tanti sacrifici? Pensò alla faccia di tutti gli operai che vi avevano lavorato, dei progettisti che venivano a conoscenza del piano di demolizione e riuscì a malapena ad immaginare la loro frustrazione ma fu felice nel vedere la struttura ancora in piedi.
Per una volta il buon senso aveva vinto.
"Resta qui, eh?"
Alex le arrivò alle spalle e lei scattò all'indietro.
"Ma sei matto?"
"Tu sei matta, perché ti sei allontanata?"
In effetti aveva ragione, tuttavia sostenne comunque di non essere nel torto, per una volta che aveva deciso di comportarsi da turista non devota solo ai locali o ai negozi: "Mi sono incuriosita e son venuta a leggere…" si interruppe assottigliando lo sguardo verso la mano del ragazzo. "Ma quelli sono biglietti?"
Alex sorrise trionfale allungandogliene uno: "Come hai detto tu, è una cosa per vecchi. Per te che sei giovane salire a piedi fino al primo anello non deve essere difficile, vero?"

Alex si girava ogni tanto ma Layla non voleva saperne di fermarsi e perdere il ritmo. In cuor suo, Alex ringraziò gli anni di calcio e calcetto, le corse tutte le mattine e la palestra una volta la settimana. Gli scalini della *Tour Eiffel* iniziarono a sentirsi poco dopo metà scalata, i polmoni affaticati e l'aria che aveva assunto la forma di tagli continui, la gola arsa e bruciante allo stesso tempo. Era faticoso ma non si sarebbe mai fermato, anche perché quella ragazza venuta dall'America non ne voleva sapere di lasciar perdere.

L'aveva invitata a salire per farle un dispetto (pazienza per i soldi spesi) eppure lei riusciva a tenergli testa facendo diventare il capriccio una sfida. Era questo a stimolarlo maggiormente e a fargli mettere un piede davanti l'altro nonostante il crescente dolore.

Tuttavia quando vide la cima del primo anello non poté fare a meno di rallentare alzando gli occhi al cielo per un veloce ringraziamento, Layla gli afferrò il braccio sicuramente alla ricerca di un po' di aiuto o di conforto, pronto per sorreggerla si chinò su di lei nello stesso momento in cui lo attraversò.

Altro che richiesta di aiuto, lo aveva usato come leva.

Nello slancio finale Layla non mancò di sorridergli divertita, oltrepassò l'ultimo gradino alzando i pugni al cielo, alcuni turisti lì presenti la videro e si misero a ridere divertiti, probabilmente rivedendosi in quella stanca soddisfazione. "Ho vinto." Due parole che uscirono malissimo dalle labbra sorridenti, un soffio mal riuscito che però faceva trasparire un'infinità di emozioni.

Esattamente come lui, Layla aveva interpretato quella scalata come una sfida e non come una visita turistica. Nonostante la stanchezza e la voglia di bersi un'intera bottiglia d'acqua (che non aveva) Layla aveva stretto i denti fino a raggiungere Alex, superarlo fu una vera e propria goduria, alla faccia sua e delle sue assurde idee.

Alex si chinò portando le mani alle ginocchia, per salire gli ultimi due gradini si lasciò aiutare.

Non avrebbe mai pensato che il suo fisico fosse in grado di reggere tutta quella fatica. Mai abituata agli sport di qualsiasi genere, Layla era la classica ragazza che preferiva una sana lettura o una bevuta con gli amici alla corsa al parco o alle ore in palestra, eppure, mentre i piedi si alzavano e si abbassavano verso il primo anello della *Tour Eiffel*, non sentiva affatto stanchezza o pesantezza. Questo fino a metà scalinata, dall'altra in su era diventata una vera e propria agonia ma voler vincere quella sfida le ridonò tutte le forze.

Aiutò Alex a salire gli ultimi gradini porgendogli la mano, quando la afferrò la sentì un po' ruvida ma allo stesso tempo morbida. Era un tocco piacevole.

"Tutto ok?" gli chiese con gentilezza lasciando passare i vari turisti che come loro avevano deciso di affrontare la scalata.

Alex fece un cenno di assenso con la mano, poi indicò le spalle della ragazza: "Guarda."

Quando Layla si voltò, tutto il fiato risparmiato per la salita venne a mancare.

Parigi si sdraiava ai suoi piedi, le persone rimpicciolite si spostavano lentamente, sulla Senna i battelli scivolavano con delicatezza come a temere di poter far del male all'acqua. Tutta la frenesia e le chiacchiere dei turisti sul primo anello svanirono alla vista dello splendido cielo azzurro e del sole che illuminava ogni singolo angolo della città, in quella faticosa scalata non si era accorta che le nuvole avevano abbandonato il cielo lasciando spazio ad un clima meraviglioso.

Era come trovarsi dentro ad un quadro perfetto.

Le gambe di Layla si spostarono da sole verso il cornicione, la mano toccò il freddo ferro e gli occhi si spostarono ancora più avanti. Guardò giù e non sentì girar la testa, ancora non riusciva a credere di esser riuscita a salire tutti quei gradini.

Chissà cosa avrebbe detto Stacy se l'avesse vista!

Fece una risata divertita, finalmente Alex la raggiunse.

"Allora, com'è il turismo per vecchi?"
"Niente male, direi."
Rimasero in silenzio baciati dal sole per almeno cinque minuti, senza sapere il motivo, la bocca di Layla era inarcata in un leggero sorriso, gli occhi che non volevano saperne di scollarsi dallo spettacolo sottostante, dai giardini perfettamente curati e dalle persone.

Era la prima volta in cui si fermava davvero a guardare qualcosa con attenzione, per la prima volta si rese conto di non esser sola ad abitare nel mondo, che non c'erano solo lei e Stacy come aveva sempre sostenuto. Erano sempre state unite e un po' egoiste, la cosa che importava davvero nel mondo era la loro salute e felicità anche a dispetto degli altri, a volte. Ma in quel momento dovette davvero ricredersi: osservando gli uomini e le donne che passavano si chiese quali fossero i loro nomi, le loro vite, perché avevano deciso di avvicinarsi alla *Tour Eiffel* proprio in quella mattina assolata.

C'era davvero un altro mondo all'infuori delle feste e degli esami.

E per un attimo la città tanto odiata divenne qualcosa di nuovo ed eccitante, un mondo che aspettava solo di essere esplorato.

Capitolo 4

In pace sulla cima della Torre e per tutta la scalinata del ritorno, Layla si era dimenticata della proposta di Alex di dormire a casa sua per tre settimane, ci ripensò una volta tornati sulla terra ferma con la magia della scalata persa nell'aria. Con assurdità pensò che se fosse rimasta sulla cima della *Tour Eiffel* non avrebbe più pensato ad alcuno dei problemi che la stavano affliggendo.
"E se andassimo a mangiare qualcosa?" propose Alex una volta tornati in mezzo alla folla, leggermente provato e con un lieve fiatone. "Tranquilla, offro io."
Nonostante i sensi di colpa Layla si costrinse ad accettare, dopo tutto non aveva altre possibilità.

Alex la portò in un ristorantino non troppo distante dalla Torre, era un locale che era solito frequentare mesi prima dell'arrivo della ragazza. Il proprietario lo salutò con entusiasmo e non mancò di sorridere amichevolmente verso Layla, li fece accomodare su un tavolino accanto una grande vetrata così da poter ammirare il monumento in tutta la sua maestosità anche dall'esterno.
"Ordina quello che vuoi." Disse Alex rivolto ad una Layla visibilmente in imbarazzo. "Ti manderò il conto a casa."
Sperò di farla ridere e un po' ci riuscì.
"Davvero, non so come ringraziarti." Ammise lei affondando lo sguardo nel menù, gli occhi immobili segno che non stesse leggendo, cercava solo di nascondere l'imbarazzo.
"Non si lascia una ragazza indifesa da sola in una grande città. Non devi ringraziarmi, lo avrebbe fatto chiunque."

Layla non disse più nulla, tornò sul menù e questa volta iniziò davvero a leggere complimentandosi con lo staff per aver aggiunto anche una sezione in inglese.

Ordinarono della carne e del vino rosso e in pochi secondi il cameriere se ne andò per tornare con una bottiglia e due calici.

Alex osservò la corposità e il colore rubino, inclinò appena il calice per seguire il movimento del fluido e analizzarne meglio il contenuto, lo annusò con attenzione e poi bevve trovando conferma sulla lingua ciò che vista e olfatto avevano predetto.

"Buono." Più che un complimento al cameriere sembrava più rivolgersi al bicchiere stesso.

Restarono soli, con la gente che andava e veniva, la *Tour Eiffel* distante ma che non mancava di farli sentire protetti.

Ciò che fece uno strano effetto ad Alex fu il silenzio in cui erano piombati lui e Layla, un silenzio complice in cui nessuno dei due sentì il bisogno di dire per forza qualcosa per rompere il ghiaccio.

Strano che gli fosse capitato dopo anni e con una sconosciuta accanto.

L'ultima volta era accaduto con...

No, era meglio non pensarci. Buttò giù quel ricordo con un altro sorso di vino.

Layla non aveva mai provato quella sensazione accanto ad un ragazzo, specialmente con uno conosciuto da poco. Fu strano, quasi spaventoso, trovarsi davanti ad un uomo e non avere paura di lui, anzi credere di conoscerlo da sempre. Il silenzio tranquillo ma non imbarazzante, il guardare distratta ora i passanti, ora lui che come lei girava gli occhi con un sorriso enigmatico in volto, quegli occhi azzurro verde, i capelli biondicci e la durezza dei lineamenti.

Assottigliò le palpebre spostando lievemente il viso.

"Sei dell'est Europa." Esordì Layla attirando l'attenzione del diretto interessato, sentendosi un po' in colpa per aver interrotto quel bellissimo silenzio. "Sei dell'est ma non del tutto."

Alex, preso chiaramente in contropiede, si vide costretto a nascondersi dietro al bicchiere di vino, restando di sasso su come la straniera fosse riuscita a metterlo a disagio con una sola frase. "In che senso?"

Layla intrecciò le dita davanti le labbra. "Nel senso che sei metà francese e metà di un paese dell'Europa dell'est, non ho ancora bene inquadrato quale, ma quello che hai è un naso francese. E scommetto quello che vuoi che il tuo nome non è Alex, Alex è solo una traduzione sommaria perché sei convinto che gli altri si dimentichino facilmente del tuo vero nome, voi dell'est Europa non ne avete di semplici e comuni, o almeno non tutti." L'espressione furba di Layla si cancellò lentamente diventando una piccola maschera di dolore. "E, permettimi di dirlo senza offesa, ma per quanto tu non voglia ammetterlo, nascondere il tuo vero nome ti fa soffrire."

Cosa diavolo era successo? C'era qualche strana droga nel vino? Com'era possibile che la ragazzina spaventata sotto la *Tour Eiffel* era diventata improvvisamente una donna decisa che era riuscita a capire il suo disagio in meno di mezzo secondo? Ma soprattutto, come cavolo era riuscita a disegnare un suo profilo così dettagliato arrivando persino a capire che le sue origini (per metà) erano nell'est Europa?

La guardò con gli occhi aperti al massimo ma lei non lo osservava. E allora Alex fu curioso di sapere tutto di lei, di come avesse fatto quella strega a conoscerlo senza sapere nulla del suo passato.

Il cuore frenò un po' alla vista della nuova Layla, della donna venuta fuori accantonando la ragazzina spaventata. Se si fosse sempre comportata così probabilmente avrebbe

provato un'attrazione fortissima, a cui difficilmente avrebbe resistito.
Cercò di dire qualcosa ma le parole morirono in bocca.
Layla bevve un sorso di vino tornando a guardar fuori, pensò che fosse irrispettoso fissare lo stupore nel viso di Alex, il pallore improvvisamente apparso sulle guance e le labbra mezze aperte.
Tornò su di lui dopo qualche secondo. "Allora, qual è il tuo vero nome?"
Insisteva, era una battaglia che non aveva intenzione di perdere, l'intenzione di arrivare fino in fondo.
Alex respirò a fondo, anche se stava diventando un gioco pericolosamente attraente decise che avrebbe resistito. Scosse la testa sorridendo amaramente. "Come hai giustamente detto è inutile che te lo dica, lo dimenticheresti."
"Provaci." Insistette anche se aveva capito benissimo il dolore e il disagio che stavano prendendo piede.
"Non mi va." Rispose secco lui con un tono che non ammetteva repliche, non capendo a pieno di che razza di avversaria si trattasse Layla.
"Devo laurearmi in lingue straniere, se non riuscissi a ricordare il tuo nome allora dovrò rivedere i miei obiettivi di vita."
Il cameriere interruppe la conversazione portando loro le rispettive portate, per un paio di minuti mangiarono senza dire nulla ma il sorriso furbo di Layla costringeva Alex a scuotere la testa ogni tanto.
"Va bene." Si arrese dopo un po'. "Aleksej."
"Beh, non è poi così difficile."
Alex continuò. "Czeslaw"
"Ok."
"Szymanski."
Spiazzata del tutto (e con amarezza dovette ammettere che con altissime probabilità lo avrebbe dimenticato) Layla fu prima perplessa, poi abbastanza convinta: "Posso

riuscirci!" ammise dando un'occhiata in giro. "Come si scrive?"
"Più o meno come si pronuncia." Spiegò lui sommariamente chiedendosi cosa stesse cercando la ragazza, forse il bagno o meglio lo sperò almeno avrebbe avuto fine anche quell'assurdo interrogatorio.
"Niente cirillico?" insistette.
"No, nel mio Paese ci sono lettere normali. O quasi."
Layla si fermò un attimo per mangiare un altro paio di bocconi, non era male quella carne, forse un po' troppo poco cotta per i suoi gusti ma si abbinava egregiamente al vino. "Quindi non sei russo." Aiutata dalle energie del cibo, la mente lavorava e cercava di capire di dove potesse essere quel ragazzo misterioso. "Aleksej." Ripeté annuendo. "La prima parte non è difficile. Scusa, mi ripeteresti il secondo nome?"
"Assolutamente no."
"Come no!"
Alex si mise ridere divertito scuotendo la testa in cenno negativo.
"Andiamo!" insistette lei. "Non è mica così facile. Almeno fammelo scrivere! Dai chiamo un cameriere gli chiedo se mi porta carta e penna."
Ecco cosa stava cercando con tanta foga nello sguardo. La bloccò alzando una mano e prendendo un tono secco: "Odio il mio nome, fa parte di una vita che voglio lasciarmi alle spalle. Ti prego, chiamami Alex."
Al sentire quelle parole e a vedere il viso leggermente adirato, Layla smise di insistere.

Sulla via di casa, Alex non riusciva più a parlare o a sorridere. Se lei chiedeva qualcosa rispondeva velocemente o con poche parole. Da quanto tempo non aveva pronunciato il suo nome completo? E come era riuscita quella straniera a strapparglielo di bocca con tanta facilità?

"Alex, Alex." Pensò con una punta di dolore al cuore. "Cosa stai facendo?"
La lasciò camminare un po' da sola fingendo di fermarsi a guardare una vetrina, in realtà si stava semplicemente specchiando tra i piatti e le tazzine esposte. Il suo era un riflesso nero sposato alla perfezione di come si sentiva l'anima in quel momento. Stava davvero aiutando Layla per delle recensioni positive, per il buon senso, oppure stava aiutando sé stesso?
Quanto era cambiato nel corso degli anni, e quanto era cambiata la sua vita.
Il riflesso nero lo guardò con aria preoccupata, la commessa all'interno del negozio non capiva se l'ipotetico cliente guardasse effettivamente la merce o si stesse semplicemente specchiando.
"Piedi per terra, Alex." Gli impose la coscienza facendolo respirare a fondo. "Piedi per terra."
"Cavoli, non ti vedevo più!" sentì la voce di Layla, il piccolo riflesso si affiancò al suo. "Cerchi qualcosa per l'ostello?"
"Più o meno, scusa." Trovò la forza di sorridere. "Ora ti porto a casa."

"Ti porto a casa."
Forse era il troppo vino a pensare al posto suo, forse perché dopo tutto era davvero un bellissimo ragazzo, Layla accettò la proposta di Alex senza farsi troppi problemi e troppe domande, al diavolo cosa avrebbero pensato Stacy, suo padre e sua madre. Ormai era abbastanza grande per vivere la sua vita senza troppi condizionamenti esterni e se per iniziare avesse dovuto dormire con uno sconosciuto beh, al diavolo, lo avrebbe fatto!
Con un sorriso divertito pensò che una volta tornata a casa avrebbe dovuto comprare una bella scorta di vino rosso e utilizzarla per prendere decisioni nei momenti critici.

Capitolo 5

Alex abitava in un appartamentino non troppo distante dalla *Tour Eiffel*, in una veloce occhiata Layla riuscì a leggere il nome della via: *Rue de L'Université*, nonostante non conoscesse la lingua andò per assonanza di nome e dedusse azzardando che quella doveva essere una via dedita agli alloggi principalmente di studenti. O forse, pensò, era un nome del passato ma gli abitanti avevano deciso di non modificarlo per mantenere un po' di storia. Aveva voglia di fare un sacco di domande ad Alex ma il ragazzo aveva proseguito la strada senza dire molto, visibilmente turbato per qualcosa.
Era tanto carino quanto strano, in un momento sembrava la persona più gioiosa del mondo e un attimo dopo eccolo piombare nella tristezza più muta.
Layla ripensò al buonissimo pranzo al ristorante e alla breve discussione sul nome del diretto interessato, in un attimo le tornò in mente l'ultima frase detta poco prima di pagare il conto ed uscire: "Fa parte di una vita che voglio lasciarmi alle spalle."
Chissà, forse era stato proprio quello a mettergli cattivo umore e il turbamento lo stava ancora accompagnando fino la porta di casa. Che differenza, pensò, una vuol tornare a casa e l'altro vuole starvi lontano. Layla non aveva idea di cosa significasse il desiderio di star via da casa, troppo abituata ai suoi ritmi e ai luoghi frequentati proprio non riusciva a comprendere il disagio del ragazzo, anzi, le suonava come una vera e propria eresia.
"Siamo arrivati." Disse Alex salendo una piccola rampa di scale, l'appartamento era su due piani a primo occhio un po' stretti, finestre che si affacciavano sull'esterno ma che nascondevano bene l'interno. Per un istante a Layla

sembrò di trovarsi in un quartiere tipico londinese anziché parigino.
"Perdonami, non è una reggia." Si scusò intento a cercare le chiavi nelle tasche dei jeans.
"Nessun problema, anzi, ti ringrazio ancora." Era il minimo che potesse fare, ringraziarlo per tanta gentilezza e tanta ospitalità. Si sentì davvero inutile nella consapevolezza di non poter ricambiare un gesto così enorme.
"Figurati, non posso certo lasciarti in mezzo al nulla." Le sorrise incoraggiante. "Ti mostro la casa poi andrò a prenderti i bagagli all'ostello."
Se ne era completamente dimenticata.
In tutto il trambusto tra ambasciata, scalinata della *Tour Eiffel* e pranzo aveva completamente dimenticato lo zaino e con esso, ovviamente, tutto ciò che c'era dentro. Non che ci fosse nulla da rubare ma i vestiti, quelli sarebbero potuti tornare utili per tre settimane. "Santo cielo!" sbottò Layla salendo velocemente i gradini raggiungendo Alex, sorprendendosi nuovamente per la sua immensa statura. "Stai già facendo troppo, ci vado io."
Ma lui non volle sentire ragioni, scuotendo la testa con decisione: "Anche questo è un servizio dell'ostello."
Aprì la porta e Layla si trovò di fronte ad un piccolo appartamento. La prima cosa che la colpì fu l'ordine, raro da trovare dentro la casa di un ragazzo. Alla destra dell'ingresso un piccolo salotto con divano a due posti, una bella libreria fornita e un televisore dallo schermo piatto; a sinistra una cucina ben accessoriata e completamente di colore bianco, un tavolo circolare al centro di legno chiaro. Davanti l'ingresso una rampa di scale che avrebbe condotto al piano superiore.
"Sopra troverai la camera da letto e il bagno. Familiarizza pure con la casa, vado a prendere le tue cose."
"Sei davvero sicuro di voler andare da solo?"
"Tranquilla, non mi perderò."

Quando Alex se ne andò, Layla ebbe tutto il tempo di vincere il disagio e attraversare quei pochi centimetri che la separavano dalla porta di ingresso. Era davvero giusto intrufolarsi così nella casa di un estraneo? Ok, era stato molto gentile e disponibile ma rimaneva pur sempre uno sconosciuto, e non le sembrava troppo carino curiosare.
Ma era anche vero che quella sarebbe stata anche casa sua per tre settimane.
Con titubanza si addentrò nel piccolo salotto, all'apparenza nulla di strano, in automatico gli occhi si girarono verso la libreria. Adorava leggere e le faceva sempre uno strano effetto vedere un ragazzo con la sua stessa passione, in maniera forse un po' sessista era fermamente convinta che i ragazzi non leggessero ma facessero semplicemente finta per far colpo sulle ragazze.
Notò autori classici come Shakespeare, Samuel Beckett, poi autori più moderni come Stephen King, un autore francese che non aveva mai sentito di nome Nicolas Barreau e infine, all'altezza del terzo scompartimento, incontrò nomi dalle lettere strane e dalla pronuncia improbabile. Libri nella lingua di origine di Alex.
Nonostante le forti dichiarazioni era evidente che ancora una parte di sé era legata a quella Nazione, a quel passato che avrebbe tanto voluto dimenticare per chissà quale motivo.
Layla ne prese uno a caso iniziando a sfogliare con cura le pagine sottili, fortunatamente pescò un libro con scrittura originale da una parte e traduzione inglese dall'altra. Da sole le gambe la spostarono verso il divano, si sedette e lesse le prime righe di una poesia, poi un'altra e un'altra ancora fin quando la mente non si annullò del tutto.
Perché dopo tutto è questo il vero potere della scrittura e della lettura: trasportare qualcuno in un posto diverso, far perdere il senso del tempo e dello spazio. Un viaggio meraviglioso restando semplicemente fermi in un posto, arricchirsi senza vedere effettivamente nulla di concreto.

Secondo Layla alcuni libri erano la prova che gli esseri umani fossero capaci di lanciare incantesimi.
Dopo aver sfogliato altre pagine decise di correre all'indice alla ricerca di un qualsiasi titolo che la ispirasse, *Sugli Angeli* la colpì particolarmente e corse subito a leggerla.

Vi hanno tolto le vesti bianche,
le ali e perfino l'esistenza.
Tuttavia io vi credo messaggeri,
Là dove il mondo è girato a rovescio,
pesante stoffa ricamata di stelle e animali.
Passeggiate esaminando
i punti veritieri della cucitura.
La vostra tappa qui è breve,
forse nell'ora mattutina,
se il cielo è limpido.
In una melodia ripetuta da un ruscello,
O nel profumo delle mele verso sera
quando la luce rende magici i frutteti.
Dicono che vi abbia inventato qualcuno,
ma non ne sono convinto.
Perché gli uomini hanno inventato
anche sé stessi.
La voce - senza dubbio questa è la prova.
Perché appartiene a esseri
indubbiamente limpidi.
Leggeri, alati (perché no?)
Cinti dalla folgore.
Ho udito sovente questa voce in sogno
e cosa ancor più strana
capivo pressappoco il dettame
o l'invito in lingua ultraterrena:
È presto giorno.
Ancora uno.
Fa' ciò che puoi.

"Caspita." Sussurrò particolarmente stupita da quelle brevi e significative righe. Non le era mai piaciuta la poesia, era più una da romanzo, tuttavia in qualche modo quello scrittore era riuscito ad incollarla alla carta e, addirittura, farle piacere un genere non particolarmente amato. Leggeva poesie solo ed esclusivamente con scopo didattico. "Dicono che vi abbia inventato qualcuno, ma non ne sono convinto. Perché gli uomini hanno inventato anche sé stessi." Annuì convinta incorniciando il tutto con un sorriso. "Angeli in terra." In passato aveva frequentato dei ragazzi che l'avevano dipinta come un angelo ma lei non si era mai sentita così, così come non aveva mai incontrato qualcuno da paragonare a tali esseri perfetti.
Chiuse gli occhi sentendosi improvvisamente in pace con sé stessa e con il mondo, per un attimo desiderò rimanere in quella posizione per sempre: seduta su un comodo divano con un libro in mano e il totale silenzio a circondarla. La vera pace dei sensi.
Una magia interrotta all'improvviso, con la stessa facilità con cui era arrivata.
"Ti piace Czesław Miłosz?"
Alex era accanto a lei, apparso dal nulla, con il suo zaino in spalla, come sempre la sua apparizione le fece saltare il cuore in gola. Sarebbe tornata in America entro tre settimane o quel ragazzo l'avrebbe fatta morire di infarto prima?
Fu solo allora che tornò alla realtà e si accorse di non esser a casa sua, di essersi appropriata di beni altrui.
"Oh cielo! Scusami!" iniziò chiudendo il libro e allungandoglielo. "Non volevo prendere le tue cose! Mi dispiace! E' solo che..."
"Figurati, i libri sono fatti per leggere, non per prender polvere." Alex sembrava davvero sincero, alzò lo zaino. "Ma quanta roba ti sei portata? E' pesantissimo!"
"Sono pur sempre una donna in vacanza."
"Te lo porto in camera mia, ok? Io dormirò sul divano."

"Non esiste, sono io l'ospite, io dormo sul divano. Con tutto quello che stai facendo per me, mi sembra il minimo."
Ma fu il ragazzo ad essere più convincente: "Non hai idea della storia d'amore che c'è tra me e quel divano. E poi i miei genitori mi ucciderebbero se venissero a sapere che ho fatto dormire una ragazza, per di più ospite, sul divano. Io sono il padrone di casa, io decido." Lo disse con aria divertita ma lo pensava davvero.
A quel punto lei si arrese anche perché come ragionamento non faceva una piega, e sapeva bene che insistere non era mai una buona idea, specialmente con persone apparentemente decise e ferme come Alex.
Il proprietario di casa prese le scale e Layla ne approfittò per dare un'ultima occhiata al libro che stava leggendo.
Solo allora si accorse che il nome del poeta le suonava in qualche modo familiare.

Capitolo 6

"Sei tu!"
Lo aveva seguito fin in cima le scale, la stanza da letto si trovava proprio di fronte all'ultimo gradino, c'era un letto matrimoniale, un armadio grande quanto la parete e una finestra che si affacciava in direzione della *Tour Eiffel*.
Quando Alex sentì quell'esclamazione alle spalle si girò aggrottando le sopracciglia dubbioso, ma si rilassò quando vide il libro sulle mani della ragazza. "Tu..."
"Ora non chiedermi di ripronunciarlo perché sicuramente sbaglierei, ma il tuo secondo nome è lo stesso di questo poeta, vero?"
E fu allora che, di nuovo, accadde qualcosa dentro l'animo di Alex. Fissò la ragazza americana per un secondo che parve durare un'eternità, quel piccolo corpo che stringeva il tomo di poesie dello scrittore preferito della madre, il nome impronunciabile per chi non fosse abituato a quella lingua ma che lei era riuscita a ricordare in un lampo.
Cancellò l'illusione in un attimo: non si era ricordata di lui, era una studentessa di lingue, la propensione all'apprendimento di una straniera era un talento e niente più.
"Si, beh..." eppure, nonostante la consapevolezza del fatto che non si fosse affezionata a lui, si sentì in imbarazzo. Lui, in imbarazzo. Rise di sé stesso pensando che ormai erano passati mesi se non anni dall'ultima volta in cui aveva provato un'emozione simile. Portò la mano destra alla nuca sentendo avvampare appena le guance. Doveva sembrare davvero ridicolo: "In un certo senso i miei genitori si son conosciuti grazie a questo poeta." Cercò di cambiare discorso focalizzandosi su qualcun altro che non fosse lui.

Layla parve accendersi: "Sul serio?"
"Fu durante un seminario sulle sue poesie, mamma ne lesse una ad alta voce e papà si innamorò, mi ha sempre detto che mamma aveva colto così tanto l'aspetto di quelle poesie che sembrava le avesse scritte lei. E si, il mio secondo nome è dovuto a questo, il primo era il nome di mio nonno."
Gli occhi di Layla brillavano ogni volta in cui sentiva delle storie d'amore o ne carpiva un piccolo accenno, le piacevano i libri ma la vita era tutta un'altra cosa, l'amore puro anche, specialmente se nato grazie ad uno scritto.
"Abbiamo più o meno una cosa in comune, allora." Disse avvicinandosi appena ad Alex, il libro ancora ben stretto in mano. "I miei genitori si sono conosciuti ad un concerto di Eric Clapton. Erano seduti vicini senza saperlo, stando a mamma mio padre la invitò a ballare sulle note di *Layla*. La conosci?" chiese già pronta a canticchiarla. Nonostante per i genitori fosse un'ossessione, le piaceva davvero quella canzone ed era cresciuta con la chitarra di Clapton come carillon della ninna nanna. Ogni volta in cui lo ascoltava immaginava i suoi genitori da giovani che ballavano ad un concerto, suo padre che ballava, poi...Lo avrebbe visto più che volentieri, un soldato che prende coraggio e si fa avanti con la giovane ragazza imbarazzata al suo fianco.
Alex fece per pensare poi annuì. "Si, ho capito di che canzone si tratta."
Si fissarono per un po' entrambi con enigmatico sorriso sul volto, fu Alex a prender parola ma la voce tremante lo tradì: "Nel pomeriggio devo lavorare all'ostello." Lo disse come fosse una colpa, un dispiacere nel lasciare l'ospite da sola. "Scusa."
"Non devi scusarti perché lavori. Tranquillo, troverò qualcosa da fare. So che non mi conosci ma puoi affidarmi casa, ne approfitterò per sistemare la mia roba."

In effetti sentiva di potersi fidare, anche se solitamente era un tipo scettico, anche se la conosceva da nemmeno un giorno.

Alex prese la macchina (non la usava quasi mai, ma quel pomeriggio era nettamente in ritardo) e partì verso l'ostello di famiglia, subito si immerse nel lavoro.

Gli piaceva lavorare, era un modo come un altro di non pensare a nulla. Tra le varie scartoffie, i fogli, i nuovi arrivati e gli ospiti che si fermavano ogni tanto per due chiacchiere o per chiedere informazioni sulla città, la mente riusciva a concentrarsi solo ed esclusivamente su loro. Non c'era Layla e la situazione assurda in cui si erano cacciati entrambi, non c'erano i suoi genitori che ormai si fidavano completamente nel lasciargli le redini dell'ostello. Non c'era la sua vita passata.

Si, lavorare era una vera e propria panacea, talmente concentrato dimenticò persino il dispiacere di aver lasciato la ragazza da sola. Dopo tutto, pensò, se la sarebbe cavata benissimo.

Erano passati anni dall'ultima volta in cui, tornando a casa, Alex sentì il profumo di cibo appena cucinato.

Quando aprì il portone di ingresso girò d'istinto la testa verso la piccola cucina invasa dal buonissimo odore, Layla stava canticchiando e preparando un'insalata mentre il rubinetto riempiva d'acqua calda le pentole usate.

Non si era ancora accorta di lui, non seppe nemmeno perché lo fece ma Alex si concesse un secondo per guardarla, trasmetteva una certa tranquillità e gioia, un po' come quelle vecchie pubblicità degli anni '40 in cui la donna di casa era simbolo di pace, protezione ma anche di responsabilità e lavoro.

Godette di quel momento giusto il tempo per farne tesoro, poi finse di schiarirsi la voce e finalmente Layla si accorse della sua presenza.

Saltò sul posto diventando improvvisamente rossa sulle guance: "Va a finire che mi ucciderai" poi tornò in sé, avvicinandosi quasi di corsa. "Non sai che mi è successo! Stacy mi ha lasciato dei soldi!" lo guardò negli occhi dovette piegare parecchio la testa. "Ha scritto una breve lettera dicendo che gli euro non le sarebbero serviti in America, così mi ha lasciato ciò che le era rimasto nel portafogli! Per ringraziarti di quello che hai fatto per me, e di quello che stai facendo, ho comprato gli ingredienti in un piccolo mercato che ho trovato qui vicino e ho pensato di cucinarti qualcosa." Con imbarazzo guardò la tavola preparata con precisione e la pietanza calda fumante. "Non è niente di che, solo polpettone con patate e insalata, non sono una brava cuoca ma credo di essermi impegnata abbastanza per render il tutto commestibile."
Alex ascoltò con le braccia incrociate e uno strano ghigno, Layla avrebbe potuto risparmiare quei soldi per i giorni a venire finché il padre non le avesse spedito altro denaro, ma non se la sentì di giudicarla.
Il ghigno si trasformò in un sorriso, le poggiò la mano sulla testa come avrebbe fatto con una bambina.
"Sei stata brava." Una volta sedutosi al proprio posto, aggiunse: "Gentile da parte della tua amica lasciarti il suo denaro."
"Oh Stacy è una seconda madre per me e pensa sempre a tutto, non va mai in panico. E' bella, intelligente, determinata, insomma una vera leader." Sospirò abbattuta. "E a volte vorrei tanto essere come lei."
Alex se la ricordava molto bene quella Stacy, la notte in cui lo aveva minacciato di far chiudere l'ostello se non si fosse comportato bene con Layla. Era palese che non le avrebbe mai fatto del male, non era nella sua indole, ma il pessimo modo arrogante e strafottente con cui si era posta quella ragazza lo aveva innervosito. A differenza di Layla che sin dall'apparenza sembrava dolce e tranquilla, Stacy dava l'impressione di esser una viziata maleducata.

"Ognuno è fatto a modo suo." Le disse prendendo una fetta di carne e addentandone subito un morso. "E non sminuirti, tu non sei poi così male."
Layla lo fissò intensamente prima seria, poi felice.
Chiacchierarono del pomeriggio in ostello, dei clienti arrivati, di Layla che aveva trovato tempo sia di disfare i bagagli che di cucinare, del suo avventurarsi per le stradine di Parigi che all'improvviso non le sembrava poi così male.
"Non è il paese dei balocchi, ma è comunque un ottimo posto in cui vivere, almeno per me."
Alex accarezzò la maglietta all'altezza del sotto collo, Layla lo considerò un semplice gesto e non indagò oltre.
"Le vie qui attorno sono carine."
"*Rue de l'Université* è molto carina, non a caso ho scelto di vivere qui."
Finito di cenare si spostarono in sala, guardarono un po' di televisione e la ragazza cercò di imparare qualche parola in più di francese, si godettero un film (con sottotitoli annessi) e infine la stanchezza vinse su entrambi.
Dopo aver insistito parecchio, Alex dormì sul divano, quando lei sparì dalla vista tornò a sfiorare la maglietta nello stesso punto di poco prima.
Fissò il bianco soffitto che lo avrebbe accompagnato per tutta la notte come un vecchio amico fidato, i respiri che andavano a tratti e la mano destra che non smetteva di massaggiare la maglietta.
Anche quella notte l'insonnia gli avrebbe fatto compagnia.

Capitolo 7

Layla si svegliò per via di uno spiraglio di luce caduto proprio sopra gli occhi. Borbottò, si lamentò e solo quando alla sua destra non percepì la presenza del comodino, aprì gli occhi.
"Ah, giusto."
Tornò con la testa sul cuscino e un braccio sulla fronte. Non era nella sua camera da letto in America ma in quella di un ragazzo conosciuto il giorno prima a Parigi.
Niente mamma che bussava alla porta con insistenza per la colazione, niente papà che già di primo mattino si informava sui notiziari televisivi, niente messaggi di Stacy sul cellulare.
Il silenzio.
Una mistica tranquillità interrotta a tratti da lontani cinguettii, una pace che dominava in tutta la casa. Forse il ragazzo di sotto stava ancora dormendo.
Alex era rimasto in sala per tutta la notte e in nessun modo aveva cercato di approfittarsi di lei, segno che forse poteva davvero iniziare a fidarsi. Dopo tutto, quale modo migliore per prendere una ragazza contro la sua volontà se non di notte e nel dormiveglia?
Mossa dall'assurdità del proprio pensiero, Layla scosse la testa velocemente: "Che idiota." Si rimproverò. Alex non aveva proprio le modalità e la faccia del malintenzionato.
Scivolò dalle coperte e un dolce tepore estivo accompagnò il suo totale risveglio, dallo zaino raccolse tutto ciò che le sarebbe servito per rinfrescarsi. Il bagno era piccolo ma molto accogliente e pulitissimo, con pochi ninnoli e accessori essenziali, molto simile a quello dell'ostello, vi era solo un armadietto attaccato allo specchio ma non avrebbe mai osato aprirlo senza permesso.

Si guardò e per un attimo non si riconobbe: occhiaie sparite, viso stranamente riposato...una novità. In effetti la notte dello scippo non aveva dormito affatto e lo stress del giorno che ne era seguito l'avevano completamente prosciugata. Si chiese che ore fossero ma non avendo un cellulare o un orologio a portata di mano decise che lo avrebbe scoperto grazie la televisione al piano di sotto.
Il salottino era deserto, in cucina, invece, c'erano delle fette biscottate, dei vasetti di marmellata e brioches fresche, accanto ad esse un biglietino.

Spero ti piacciano. Son fuori a correre, ci vediamo dopo, tornerò verso le undici. Alex.

"A correre?"
Come risposta Layla prese una brioches fresca e tornò in camera da letto, nell'addentarla si rese conto dell'abissale differenza delle brioches a cui era abituata in America: quelle francesi erano decisamente superiori sia come sapore che come morbidezza. I denti affondarono e il sapore del burro caldo si fuse alla perfezione con quello della marmellata di arance, la delicatezza con cui erano stati amalgamati gli ingredienti era percepibile morso dopo morso. Era sicura che avrebbe potuto mangiarseli tutti senza problemi.
Lei e Parigi avevano iniziato col piede sbagliato, ma i croissant erano un altro ottimo motivo per far pace.
Approfittò della mattinata libera per dedicarsi al bucato, certo comportarsi come fosse stata a casa propria senza chiedere permesso non era il massimo dell'educazione, ma non poteva nemmeno permettersi di starsene altri giorni lontana da casa senza vestiti puliti. Il tempo passò veloce tra stendini, pulizie della cucina e della sala e ogni tanto qualche canzone in televisione, per resistere alla tentazione delle brioches le nascose sotto un panno pulito mettendole in un angolo della cucina. Sin da quando era bambina, sua madre l'aveva abituata ad occuparsi della

casa, le dava la paghetta se e solo se si dilettava in qualche faccenda domestica, dunque non fu un problema tenere la mente occupata con quelle mansioni, anzi fu quasi piacevole, in qualche modo sentiva di pagare ancora di più il suo debito con Alex. Quando il ragazzo tornò dopo la corsa, Layla era occupata al lavaggio delle stoviglie usate la sera prima.
Questa volta si accorse di lui immediatamente: "Andata bene la corsa?"
Alex era bagnato di sudore e con un asciugamano attorcigliato al collo, il corpo chiuso in una tuta e delle scarpe con piccoli tacchetti. "Si."
Le perle di sudore che scendevano sulla fronte e sul collo avevano un non so ché di attraente. Come attraente era il viso arrossato e stanco, il petto che si alzava e abbassava. Per ritrovare l'uso della parola, Layla si costrinse a voltarsi nuovamente verso le stoviglie ormai pulitissime. "Questo pomeriggio lavori?"
"Si, sono all'ostello, perché?"
"Potrei usare il computer della sala comune per contattare i miei genitori?"

La sala comune era piccola ma confortevole: un divano lunghissimo in pelle circondava un tavolino in vetro, appesi alle pareti quadri di riconoscimento e all'angolo il computer per gli ospiti. Vigeva la regola di un massimo di mezz'ora a persona in modo da poter dar modo a tutti di usarlo, Layla non dovette aspettare molto per il proprio turno.
Si sedette e la prima cosa che fece fu accedere con il suo contatto personale su Skype, il programma di videochat più famoso al mondo. Indossò un paio di cuffie con tanto di microfono annesso, una rapida occhiata all'orologio e un calcolo di sei ore indietro per capire che ore fossero in America.

Alla fine optò per chiamare Stacy, dopo tutto risultava anche in linea.

Stacy rispose dopo nemmeno metà del primo squillo.

Il viso splendido e raggiante della migliore amica apparve dal nulla, dietro di lei le cianfrusaglie della stanza da letto e uno spiraglio della finestra, la luce del sole non era nulla in confronto al sorriso radioso che si era stampato sul volto.

"Lally!" squittì con occhi lucidi quasi in preda alle lacrime, nemmeno si fossero lasciate anni e anni prima.

Layla pensò che era assurdo che fosse passato solo un giorno dal piccolo incidente che l'aveva costretta a rimanere in Francia. "Ciao bella ragazza!" iniziò senza smettere di sorridere. "Com'è andato il volo di ritorno?"

"Alla grande, non ho chiuso occhio! Oh che bello rivederti e risentirti! Come va?"

"Va', sono stata all'ambasciata, mi hanno detto che il prossimo volo disponibile per rimpatriarmi sarà fra tre settimane. Non sono stati molto gentili."

"Tre settimane?" sbottò la ragazza guardandosi attorno. "Non ci credo, non c'è un'altra soluzione?"

"Senza soldi e senza documenti, Stacy?"

"Ma come, non hai trovato i soldi che ti ho lasciato?"

"Si, si, anzi ti ringrazio molto ma non basteranno per un biglietto Parigi – New York."

Stacy parve ragionarci un po' su poi annuì abbattuta. "Piuttosto, quello lì ti sta trattando come si deve o devo tornare indietro con un esercito?"

Sorrise divertita al sentire la rabbia evidente e lo sguardo improvvisamente assottigliato. Stacy aveva attivato i sensori da mamma super protettiva. "Si chiama Alex."

"E come va con Alex?"

Fu allora che Layla si dette un'occhiata intorno, la sala comune non era particolarmente piena ma c'erano comunque orecchie indiscrete e ragazzi che la stavano fissando.

Prese mano alla tastiera per concedersi un po' di privacy.

Per queste settimane abiterò a casa sua.
Il piano della privacy fallì quando Stacy, dall'altra parte del mondo, dopo aver letto quelle righe si esibì un grido talmente forte che uscì persino dalle cuffie perforandole i timpani e, ovviamente, attirando anche l'attenzione di coloro che la stavano meravigliosamente ignorando.
"Ma sei scema? Mi hai stordita!" l'aggredì senza tanti complimenti.
Ma Stacy se ne fregò, ovviamente. "Santo cielo Lally! Come puoi fidarti di uno sconosciuto a tal punto da andare a vivere a casa sua!"
E dove andavo a dormire, per strada? PS: abbassa la voce che sì ho le cuffie ma ti sentono tutti!
Ma non obbedì, anzi, alzò il tono: "Dormi in ostello coi miei soldi!"
Le camere erano tutte occupate.
"Si certo, come no! E te l'ha detto lui? E ti sei fidata? Santo cielo Lally, santo cielo!"
Stacy, grazie davvero di cuore per avermi lasciato il tuo denaro, ma non bastava per un alloggio di tre settimane. Cerco di risparmiare il più possibile per mangiare.
Era una bugia...Ma una bugia a fin di bene valeva più di cento verità. Stacy lesse il tutto restando in silenzio per un attimo, evidentemente stava valutando la situazione.
Adorava quando la sua migliore amica si preoccupava, tuttavia questa volta dovette arrabbiarsi un po' e prendere le difese dello sconosciuto.
Se avesse voluto farmi del male ne avrebbe approfittato questa notte e invece non è successo nulla! Non tutti sono da buttar via Stacy! Alex è un ragazzo molto gentile.
"Io ti avverto, se osa toccarti giuro che..."
Stai tranquilla.
"E tuo padre lo sa?"
Ti prego no! Evita di dirlo a papà e mamma, inventati che sono in ostello. Se dovessero sapere che son a dormire da un ragazzo sconosciuto, papà chiamerebbe davvero i suoi amici per portarmi a casa.

Perché era fatto così il Signor Ammiraglio Albert Silfrey, suo padre. Se non poteva ottenere le cose con le buone passava senza troppi problemi alle maniere cattive, compreso l'utilizzo della sua alta posizione nel corpo dei marines. Era un uomo deciso, determinato che aveva cresciuto la figlia nel rispetto delle regole. Quando aveva chiamato a casa dall'ambasciata, Layla lo aveva pregato di non agitarsi e di non smuovere inutilmente le forze armate, sicuramente a convincerlo davvero era stata anche Dalia, moglie fedele, madre e preziosa alleata quando Albert sfoderava il suo lato militare. Non era stato semplice convincerlo ma alla fine le due donne avevano avuto la meglio, dopo tutto poteva essere un militare convinto ma non avrebbe mai potuto vincere contro due donne in comunella, specialmente quando si trattava di moglie e figlia.

"Va bene." Concluse Stacy sbuffando. "Ti coprirò le spalle solo perché sei tu, ma una volta tornata a New York mi porti in un ristorante di lusso."

Layla si sentì davvero sollevata, sapeva di poter contare su di lei per qualsiasi cosa, ma averne la conferma era sempre piacevole: "Grazie, ti voglio bene."

"Anche io. Ho dato l'indirizzo dell'ostello ad Albert, farà il possibile per farti arrivare dei soldi entro un paio di giorni al massimo. Contattali più spesso se riesci, non posso fare da messaggero tutti i giorni. E trovati un cellulare o qualcosa di simile."

Ramanzine e raccomandazioni, Stacy sarebbe stata una madre fenomenale un giorno. Layla si limitò a sorridere e annuire: "Si, promesso."

Si scambiarono un bacio con la mano da schermo a schermo e la mezz'ora di Layla finì. Quando chiuse la comunicazione sentì una lieve stretta al cuore ma nulla più, sicura che comunque avrebbe rivisto l'amica in tre settimane.

Tre settimane.

Il pensiero di star lontana così tanto da casa tornò a tormentarla e a farla sbandare. Certo ora aveva un tetto sulla testa ma come avrebbe potuto resistere così tanto in quella città e senza nessun punto di riferimento?
Dal capo del bancone della reception, Alex le sorrise di sfuggita mentre parlava con dei ragazzi arrivati da poco nell'alloggio.
Forse, pensò Layla ricredendosi, un punto di riferimento lo aveva.
Osservare Alex nel bel mezzo del lavoro fu piuttosto curioso e piacevole, come si comportava con lei allo stesso modo lo faceva con la clientela. Sorrideva, era serio, aiutava chiunque facesse domande sensate e cercava di nascondere un sorriso divertito verso chi diceva idiozie. Si alzava, si sedeva, rispondeva alle mail e controllava le varie bollette o avvisi sulla scrivania. Non le dedicò molto tempo se non qualche occhiata o dei brevi "Come va?" "Tutto bene?" "Ti serve qualcosa?" ma Layla non se la sentì di incolparlo, dopo tutto stava lavorando ed era giusto che la notasse quel poco che bastava per non farla sentire a disagio.
Si, era davvero un bravo ragazzo.

Uscirono dall'ostello al tramonto, Layla seguiva Alex sempre silenzioso ma con un lieve sorriso stampato sul volto.
La frenetica Parigi li attraversava senza guardarli, ognuno dedito alla propria vita e alle proprie mansioni. Ogni tanto Layla si fermava a dare un occhio a qualche negozietto di casalinghi, profumi, abiti, pasticcerie ma non si soffermava mai troppo per paura che Alex potesse offrirle qualcosa o peggio, comprarle qualcosa.
"Ti spiace se facciamo una piccola deviazione?" Senza aspettare una vera risposta, il ragazzo aveva iniziato a camminare un po' più spedito. "Vorrei farti vedere un posto, non ci vorrà molto."

"Certo."

E allora i negozi, le vie dall'aspetto tipico e lo studio degli sguardi dei francesi passarono in secondo piano. Per Layla, alta poco meno di un metro e sessanta, non fu semplice stare al passo di un ragazzo di quasi due metri eppure non gli avrebbe mai chiesto di rallentare. Come quel giorno durante la salita sulla *Tour Eiffel*: era una sfida.

Alex si fermò dopo poco, svoltarono un angolo per ritrovarsi davanti un'altra meraviglia parigina: *Ponte Alessandro III*. La struttura sembrava non finire mai nella propria corsa verso l'*Hotel des Invalides*, il fiume Senna scorreva calmo ai suoi piedi mentre il cielo lentamente si colorava di lillà, rosa e viola scuro, la luce di un tramonto spettacolare che si rifletteva nei lampioni moderni e neri. Alzò appena gli occhi per vedere quattro colonne e sopra esse delle statue dorate che a contatto col sole calante parevano incandescenti.

"Ti piace?"

I piedi di Layla si mossero da soli lungo il camminamento pedonale, in quello spettacolo anche il rumore delle automobili e bus venne meno.

"Guarda! Si vede la *Tour Eiffel*!" esclamò dopo aver allungato il naso alla sua destra.

"Ah, non la chiami più ammasso di ferraglia?" Alex poggiò i gomiti sul cornicione del ponte e per un attimo i capelli furono mossi da un flebile vento, respirò ad occhi chiusi immergendosi in un mondo tutto suo. "Adoro questo ponte." Ammise sorridendo. "Quando vengo qui non penso a nulla."

Layla gli si avvicinò mettendosi nella stessa posizione, per un attimo godette del venticello e della splendida vista, la *Tour Eiffel* svettava lontana e sembrava molto più piccola rispetto la dimensione originale, tuttavia dava ancora una sensazione di protezione.

"Sai, ho come l'impressione che in queste tre settimane imparerò ad apprezzare Parigi grazie a te." Layla fece una pausa ad effetto per far sì che Alex la guardasse negli occhi: "Aleksej Czeslaw." Si mise a ridere divertita. "Visto? Non l'ho dimenticato." Si staccò dal cornicione del ponte. "Allora, adesso dove mi porti?"

Odiava il suo nome. Dio, quanto lo odiava. Se non lo aveva ancora cambiato era solo perché amava troppo i suoi genitori. Quel maledetto legame col passato, tutto il dolore che ne era derivato...
Eppure, quando la ragazza americana l'aveva pronunciato adornando il tutto con un sorriso tanto semplice quanto bello, il cuore di Alex era caduto dal *Ponte Alessandro III*.
Una stretta lieve ma che comunque era riuscita a lasciare il segno, leggera come i passi della ragazza che ora vagava non troppo distante godendo della vista del panorama, soffermandosi principalmente sulla piccola *Tour Eiffel* che li proteggeva e sul misterioso tramonto rosa.
In soli due giorni era riuscita, chissà come, ad entrare in quella corazza che tanto difficilmente si era costruito attorno.
Le sorrise anche se non lo stava guardando, la voce uscì meno decisa di come aveva programmato e sperato. "Stasera purtroppo ho una partita." Ammise abbassando gli occhi un po' per vergogna e un po' per dispiacere. "Non posso portarti da nessuna parte."
Layla fece spallucce. "Sono sfacciata: posso venire a vedere?"
"E' calcetto, non so quanto possa interessarti."
"Sempre meglio che starsene davanti alla tv."
Alex fu costretto a cedere, di nuovo. "E va bene." Acconsentì. "Ma nessuna lamentela se poi ti annoi!"
Scherzava, lo si capiva sia dal sorriso che dallo sguardo furbo.
Esattamente come faceva con suo padre nei momenti di gioco, Layla portò la mano di taglio sulla fronte: *"Yes, sir!"*

Capitolo 8

Layla avrebbe pagato qualsiasi prezzo pur di ritrovarsi in mano un cellulare o un altro dispositivo capace di scattare foto.
Lo stadio non era esattamente come lo immaginava, anzi chiamarlo stadio era un'esagerazione, si trattava più di un prato dall'erba ben curata e segnata in alcuni punti specifici con delle righe bianche, a far da tetto il cielo e come spalti delle panchine posizionate qua e là, una rete di protezione poco più alta di Alex per far sì che il pallone non andasse troppo oltre e il tutto circondato da vari palazzi abitati. Tuttavia, nonostante non si trattasse di un campo sportivo d'eccellenza, a Layla piacque molto, aveva quel qualcosa del piccolo e del caratteristico che spesso in America mancava, da quando aveva memoria non ricordava uno stadio o un qualsiasi altro campo sportivo che non fosse grande almeno cinque volte in più rispetto quello che si trovava davanti.
Si era concentrata sul paesaggio fin quando non fece il suo ingresso il nuovo amico.
Dopo uno scambio di battute con gli amici e con gli avversari, Alex si portò in direzione della porta indossando i guanti con una fermezza e una decisione tale che solo con quel piccolo gesto ispirò sicurezza, le lanciò uno sguardo senza dir nulla, eppure ad occhio attento le sue labbra sembrarono inarcarsi leggermente verso l'alto.
Layla non capiva molto di calcio, tantomeno di calcetto, sapeva solo che la palla non doveva assolutamente entrare nella rete che stava alle spalle di Alex e lui sembrava abbastanza determinato per far sì che non accadesse.
A dispetto di come aveva inizialmente creduto, Layla fu letteralmente rapita da quello sport. Le piacque la serie di

passaggi di palla, i tiri improvvisi e le parate del suo amico, specialmente quando saltava e sembrava voler spiccare il volo, cadeva e si rialzava velocissimo senza la minima smorfia di dolore.

Un po' come lei che restava ferma almeno dieci minuti quando cadeva dal letto avvolta dalle coperte.

Quanta forza di volontà, quanta determinazione e quanto correvano quei ragazzi!

Si, era uno sport decisamente appassionante ma non lo avrebbe mai praticato, troppo rischio di farsi del male e poi non aveva mai calciato una palla in vita sua. Meglio guardarlo in tutta sicurezza e, ogni tanto, criticare le scelte dei giocatori nemmeno fosse diventata un'allenatrice professionista.

Trascorse un'ora e mezzo senza che se ne accorgesse, una volta fischiata la fine del match, Layla attese Alex seduta sulla panchina e guardandosi attorno, tornando ad osservare il panorama ora notturno adornato da un piacevole venticello fresco che cancellava l'afa tipica della stagione. Le luci delle finestre attorno si erano accese, così come si erano accesi i lampioni circostanti, un bel quartiere la cui tranquillità era stata interrotta dalle urla dei giovani giocatori; una coppia aveva assistito allo spettacolo dal terrazzo di casa e ora si concedeva una sigaretta, un'anziana era uscita per annaffiare dei bei fiori colorati e borbottava qualcosa di incomprensibile guardando trova il campo da calcio, un gatto era uscito per sfregarsi sulle sue gambe, due bambini attaccati alla ringhiera tornarono in casa richiamati da una voce femminile, probabilmente la madre con la cena pronta in tavola.

Ognuno impegnato nella propria vita, ognuno coi propri pensieri, per la seconda volta Layla si era concentrata su qualcuno che non fossero lei e Stacy, di nuovo si accorse che al mondo non era sola.

Ed ebbe la strana, ma splendida sensazione, che assieme a quella gente sconosciuta si trovasse in famiglia.

In America era diverso. Certo, anche lì tutti avevano la loro vita privata, eppure sembravano tutti frenetici, veloci. Rarissime volte Layla aveva visto una vecchietta annaffiare i fiori o una coppietta fumare insieme nella calma di un piccolo terrazzo, ancora più rare volte si era concentrata su di loro, troppo impegnata nella stessa onda di frenesia in cui erano tutti coinvolti.

Parigi era davvero un posto fuori dal mondo, un universo a sé.

"Layla?"

Si girò e vide Alex assieme ad un altro ragazzo decisamente più basso di lui, i capelli neri dal taglio bizzarro (una spazzola fin troppo alta di ciuffi al centro della tasta, chissà come riuscivano a star su?) e occhi profondi dello stesso colore. "Lui è Simon."

Il ragazzo si avvicinò con un sorriso indecifrabile, senza attendere troppo le prese la mano baciandone il dorso. "*Enchanté, mademoiselle.*"

Layla si sentì avvampare immediatamente, mai nella vita un ragazzo le aveva fatto il baciamano e con così tanta passione!

Impercettibilmente, Alex abbassò le sopracciglia: "Simon, se ti vede Rosalie, ti ammazza."

"Tranquillo, l'ho già visto!"

Una cascata di capelli biondi si avvicinò al ragazzo moro, gli occhi verdi lanciavano fiamme mentre la mano destra correva all'orecchio tirando via il resto del corpo. Senza lasciarlo, sorrise in direzione di Layla. "Devi essere la ragazza di cui ci ha accennato Alex!" allungò la mano sinistra, libera. "Rosalie."

L'espressione felice e rilassata contrastava a pieno con il povero Simon piegato in due, le lamentele continue e l'orecchio che stava diventando violaceo: "Lasciami, lasciami, lasciami!"

Rosalie disse qualcosa in francese schietto e solo allora lasciò l'orecchio del fidanzato. "Abbi pazienza ma è fatto

così." Lo giustificò con un sorriso radioso che nascondeva un po' di dolcezza.
"Cercavo solo di essere gentile." Si difese lui tenendo l'orecchio con la mano e nascondendosi un po' dietro Alex.
Una volta conclusosi il siparietto, Layla ebbe tempo di analizzare la situazione: Rosalie e Simon nonostante l'apparenza e il fatto che si fossero presentati con il siparietto di un litigio, si amavano tantissimo, ma non di quell'amore morboso e appiccicoso, si amavano come due amici, scherzavano e ridevano senza sembrare mai volgari. Insomma erano una di quelle coppie destinate a durare per sempre.
Dentro di sé si annidò lo strano sentimento dell'invidia.

La pizzeria era talmente affollata che i ragazzi dovevano quasi gridare per capirsi, tuttavia c'era una bella atmosfera autentica e particolare, il locale era composto solo di mobilio in legno, un po' nuovo e un po' antico, i lampadari in ferro battuto e le decorazioni d'altri tempi. Per un attimo Layla ebbe l'impressione di esser stata catapultata indietro nel tempo in una vecchia locanda medievale (se non fosse stato per la pizza, alimento non proprio tipico dell'epoca).
Alex e Simon sedevano davanti a lei e Rosalie, quattro bicchieri di birra e pezzi di pizza di vario gusto. Per rispetto della nuova arrivata decisero di parlare inglese, non era perfetto, in particolar modo per l'accento, ma Layla apprezzò talmente tanto il gesto che quasi non ci fece caso e non osò mai correggerli.
Parlarono di tutto e di niente, le classiche chiacchiere tra amici e l'impressione fu quella di conoscerli da sempre.
"Allora, *chérie*" esordì Rosalie dal nulla bevendo un sorso di birra e rivolgendosi alla nuova arrivata. "Come conosci il nostro amico portiere?" ovvia allusione verso Alex sottolineata da una fugace occhiata.

"E' una storia strana, più che strana direi molto particolare." Layla ripercorse tutto ciò che le era successo in una sintesi breve ma dettagliata, nel raccontarlo le sembrò assurdo che tutto fosse capitato nemmeno quattro giorni prima.
"E' terribile." Concluse Rosalie scuotendo la testa visibilmente indignata. "Ultimamente i furti sono aumentati a Parigi, ti confesso che sono spaventata." Rosalie analizzò i pezzi di pizza indecisa su quale prendere, anche in quel semplice gesto mostrò un'incredibile eleganza e riusciva persino a non farla sembrare fuori luogo. Se quel locale era paragonabile ad una locanda medievale per stile, Rosalie avrebbe potuto benissimo essere una componente della famiglia reale.
Bella, elegante, simpatica. Con la parola giusta al momento giusto: "Sono sicura, *chérie,* che con un omaccione come Alex al tuo fianco ti senti molto più protetta, vero?"
Calò un imbarazzante silenzio, Alex sussurrò il nome della bionda portando una mano alla fronte.
E per la seconda volta da quando si trovava in quella città ancora sconosciuta, Layla trovò il coraggio di uscire da una situazione pressoché scomoda usando un tono fermo e deciso. "Indubbiamente." Annuì. "Sono convinta che se fosse stato con me, quel ladro nemmeno si sarebbe avvicinato." Sorrise verso il nuovo amico che ricambiò senza mancare di arrossire lievemente.
"Non sei riuscita a vederlo in faccia? Una descrizione sommaria? Niente di niente?" questa volta fu Simon a parlare, non era particolarmente uno da chiacchiere, specialmente se riguardavano gli altri, ma quel discorso parve interessarlo.
"Niente di niente. Sono andata all'ambasciata americana e pare che la mia partenza sia rimandata di quasi tre settimane."
Rosalie si concesse un attimo poi, voltandosi di scatto, prese le mani di Layla spaventandola un poco. "*Chérie,*

non ti preoccupare, ti farò girare i migliori negozi e bar di Parigi. Non voglio che tu abbia un brutto ricordo di questa meravigliosa città! Tre settimane voleranno, te lo prometto!"
"Ti ringrazio, sei molto gentile."
Non le avrebbe mai confessato che la sua visione di Parigi era già in fase di cambiamento.

Per tornare a casa passarono nuovamente su ponte *Alexandre III*, era meno affollato rispetto al giorno, i lampioni schiarivano il cielo notturno diffondendo un piacevole calore, la splendida *Tour Eiffel* illuminata faceva da sfondo questa volta adornata da piccole stelle luminose che ne ripercorrevano la forma bizzarra. Layla si fermò a guardarla poggiandosi sul corrimano del ponte.
Alex la imitò.
Godettero del silenzio e della vista. Fu bellissimo avere qualcuno accanto e non provare disagio, non aprire bocca e sentire comunque uno i pensieri dell'altro. Il cuore calmo, se ci fosse stato silenzio assoluto i due avrebbero sentito entrambi gli organi battere all'unisono.
Senza sentirsi in colpa, fu Layla ad interrompere la magia.
"Hai ragione: è bellissimo qui."
"Abituati, io ho sempre ragione."
Le strappò un sorriso in bilico tra il divertito e l'amaro.
"Sai, sono qui a Pagiri da pochissimo ma ho la sensazione di essere un po' cambiata. Voglio dire, per ben due volte sono riuscita a tirar fuori il mio lato deciso, quello che ho ereditato da papà."
"E' una cosa buona, no?"
Dubbiosa, Layla scosse la testa distogliendo lo sguardo dalla *Tour Eiffel* e buttandolo sul fiume sottostante: "Non lo so Alex, non so quanto sia bello cambiare."
"Perché? Non è detto che tutti i cambiamenti siano in negativo."
In effetti forse aveva ragione.

Di nuovo.

La prima goccia di pioggia cadde sul balconcino della camera da letto. Fu seguita da una seconda, poi una terza fin quando Parigi non fu invasa da un improvviso acquazzone.
Layla piantò il naso sulla finestra chiudendo gli occhi in una preghiera silenziosa, piccolo rituale abituale che fu interrotto dal bussare alla porta.
"Posso entrare?"
La voce di Alex arrivava ovattata al di là dell'uscio, Layla pensò che fosse assurdo che il ragazzo dovesse chiedere il permesso per entrare nella propria camera, ancora una volta si sentì a disagio per non esser andata lei a dormire sul divano. "Certo."
Fece il suo ingresso, indossava una tuta probabilmente come pigiama. "Scusami, sono venuto a prendere una coperta. Chi si aspettava che si mettesse a piovere? I temporali estivi improvvisi."
Lo seguì con lo sguardo frugare dentro l'armadio, quasi ci entrò dentro con tutto il corpo mentre tirava fuori una coperta.
E allora accadde.
Il lampo illuminò la stanza a giorno per un secondo, il tempo di un respiro e il tuono ruggì sopra i cieli della città. Ruggì nello stesso momento in cui Layla gridò appena allontanandosi dalla finestra.
"Tutto ok?" le chiese Alex di rimando cercando di nascondere un sorriso divertito.
"No!" sbottò la ragazza tutt'altro che divertita. "Ho paura dei tuoni!" ammise senza vergogna per poi scuotere la testa. "Questa cavolo di Parigi sta cercando di far di tutto per farsi odiare! Un passo avanti e mille indietro!" Proprio come i bambini, Layla si allontanò ancora di più dalla finestra per raggiungere metà stanza, si sedette sul letto portando le mani alla testa e i gomiti alle ginocchia. Si

confidò senza pensarci, probabilmente mossa dalla paura. "Quando ero piccola, avevo quattro anni nemmeno credo, mio padre era fuori per lavoro e mia madre era uscita per buttare la spazzatura. Stava diluviando come un pazzo, in quell'unico istante in cui rimasi sola dentro casa, un fulmine cadde facendo saltare via la corrente e spense tutte le luci." Guardò Alex cercando comprensione. "Immagina una bambina piccola che gioca tutta contenta in sala, da sola, che di colpo si ritrova totalmente al buio e senza i suoi genitori a darle conforto. Mamma ci ha impiegato ore per farmi smettere di piangere, da quel giorno ho…" di nuovo un lampo e chiuse gli occhi. Non finì mai la frase per colpa dell'ennesimo tuono che, dal rombo sempre più potente, dava l'idea che il temporale avesse tutta la voglia di avvicinarsi. "Che odio!" si buttò quasi a peso morto sul letto portando le mani al viso. "Prevedo una notte in bianco, solitamente quando a casa c'è il temporale metto le cuffiette e dormo con la musica in sottofondo, mi alzo con il mal di testa ma almeno mi son riposata." Tolse un po' le mani dagli occhi per avere uno spiraglio libero per vedere Alex sempre più vicino. "Non odiarmi, non voglio approfittarmi di te ma…Hai delle cuffie da prestarmi?"
"Credo di avere un'idea migliore."
La velocità fu simile a quella degli stessi lampi che la spaventavano a morte: Alex spense la luce lasciando la stanza nel buio, si sdraiò accanto Layla prendendo un paio di cuscini e buttando la coperta sopra entrambi. Senza pensarci troppo e senza fare troppi complimenti, la girò prendendola per una spalla. In un attimo la testa di Layla fece diretta conoscenza con il petto di Alex.
"Meglio della musica, no? E ora dormi, sono abbastanza stanco."
Alex sapeva di buono, come lo shampoo che aveva usato poco prima. Layla avrebbe voluto guardarlo negli occhi ma si erano nascosti dietro le palpebre. La presa improvvisa

alla spalla le aveva fatto un po' male ma il dolore si cancellò nel sentire la calda mano sulla schiena.

Il cuore sembrava voler esplodere dall'emozione, perché mai si sarebbe immaginata che Alex la prendesse con tanta sicurezza e la unisse alle sue braccia. Le ricordò un po' suo padre i primi giorni in cui era ancora attraversata dal trauma dei tuoni, quando dormiva nel letto matrimoniale tra i suoi genitori, la madre che le raccontava delle favole per farla star buona e suo padre che, in silenzio, riusciva a trasmettere sicurezza. Entrambi una fortezza contro il mondo esterno.

La stessa fortezza che ora aveva eretto un ragazzo poco più grande di lei.

Layla si avvicinò al Alex rannicchiandosi maggiormente al suo fianco, la testa premuta sul petto e sul battito del cuore.

La migliore musica del mondo, una splendida vita che pulsava al suo fianco e che la proteggeva dal pericolo non solo dei tuoni ma di una città sconosciuta, di una situazione bizzarra.

Stacy l'aveva avvertita di stare attenta, ma dentro di sé Layla sapeva che stava per cadere di nuovo nella trappola.

Un tuono fece vibrare la finestra della camera.

Il corpo di Layla rimase immobile e gli occhi, come per magia, si chiusero in un meraviglioso sonno profondo.

Capitolo 9

Si svegliò che la pioggia batteva ancora.
La schiena andava decisamente meglio, i dolori post partita erano del tutto svaniti grazie la dormita sul letto.
Finalmente.
Quanto tempo era passato dall'ultima volta in cui aveva messo la testa su quel cuscino morbido? E quanto si sentiva stupido, in quello splendido momento, per quell'assurda decisione del non volerci più dormire da quando...
Abbassò gli occhi per vedere una Layla ancora nel mondo dei sogni, come una bimba si era rannicchiata con le mani vicino al mento e le ginocchia poco distanti dal petto.
Le sue braccia la cingevano ancora, così come il senso di colpa aveva stretto il cuore per tutta la notte, con tutte le preghiere che gli vennero in mente, Alex sperò che Layla si svegliasse così da poter togliere le mani da quel corpo.

Le sue preghiere furono esaudite mezz'ora dopo.
Layla si svegliò aprendo gli occhi lentamente, non appena vide la maglia di Alex sorrise soddisfatta e ancora un po' emozionata. "Buongiorno."
Essere di buonumore di prima mattina era una cosa più unica che rara, o per l'ansia dello studio o per il nervosismo che spesso la prendeva a causa del breve sonno, per Layla svegliarsi era sempre un trauma.
Al suo fianco sentì Alex sbuffare divertito.
"Buondì."
La sua presenza la aiutò a stare ancora meglio ma era soprattutto la consapevolezza che non le avesse fatto del

male a renderla felice, prova che fosse davvero un bravo ragazzo esattamente come pensato.
Per una volta il suo istinto aveva avuto ragione.
"Piove ancora?"
"Certo, e oggi è il mio giorno libero, scommetti pioverà fino domani?"
"Caspita, speriamo proprio di no!"
Stettero in silenzio per un po', Alex scivolò via da Layla incontrando l'inaspettato fresco del mattino, forse era il fatto di aver riposato troppo al caldo e lo sbalzo termico aveva fatto il suo dovere. Si stiracchiò allontanandosi dal letto per avvicinarsi alla porta.
Layla godette dello spettacolo di quel corpo alto, snello e sportivo che si stirava portando le mani al cielo, per un secondo dalla maglietta sbucò un pezzetto di pelle e gli occhi, concentrandosi sull'ombelico brillarono nello stesso momento in cui le guance avvamparono.
"Preparo la colazione, d'accordo?"
Quell'informazione la svegliò di colpo, tutta contenta si mise in ginocchio sul letto: "Davvero?"
"Si ma non te la porterò a letto! Forza, in piedi!"
Lo stesso tono che usava sua madre quando Layla era piccola e faceva i capricci per non andare a scuola.
Sbuffò. "Va bene, va bene, mi alzo! Ma prima fammi dare una rinfrescata."

Non c'erano le brioches fresche del mattino prima, tuttavia Alex era riuscito a metter in tavola parecchio cibo e fu abbastanza soddisfatto della tavola imbandita tra fette biscottate, marmellate di diverso tipo, formaggi, salumi e qualche fetta di pane bruscata.
Dopo anni di solitudine, persino l'uomo più cocciuto riesce ad adattarsi a tutto.
Sentiva Layla muoversi al piano di sopra e per un attimo chiuse gli occhi, i pugni stretti, il cuore che iniziava a battere all'impazzata. Se fosse stato da solo avrebbe preso

il primo oggetto utile per scagliarlo lontano, magari un bicchiere che nel rompersi lo avrebbe ferito. Si, un po' di dolore se lo meritava per quello che aveva fatto. Con foga si toccò la maglietta sotto al collo, la collana era ancora lì e solo allora si rese conto di quanto fosse stato idiota nel non averla tolta quella notte, correre il rischio che l'ospite ne venisse a conoscenza fu una mossa davvero azzardata. Troppo.
Alzò la mano fino ad arrivare agli occhi, le dita gelide raggiunsero i capelli mentre tutto il corpo si piegava in avanti.
"Che sto facendo?" sussurrò piano sentendo Layla scendere le scale.
Più che una domanda suonava come un rimprovero.

"Tutto bene?"
Alex era di spalle, e nonostante fosse piegato sul lavandino della cucina sembrava sempre più alto di lei. Quando si girò gli occhi erano leggermente gonfi e il sorriso tirato.
"Si scusami, un colpo di sonno. Ogni tanto capita."
"Hai dormito male?"
"No, è tutto ok."
Era evidente che, qualsiasi cosa fosse, Alex non avesse voglia di parlarne.
Layla, visibilmente in imbarazzo, si sedette e, con un po' di vigliaccheria, approfittò della schiena di Alex per aprire bocca. E' sempre più semplice parlare con qualcuno che non ti guarda negli occhi. "Ti ringrazio per questa notte. Davvero."
"Grazie a te."
Lei non capì e lui non si spiegò. Consumarono la colazione in uno strano ed imbarazzante silenzio interrotto solo da varie chiacchiere di circostanza.

Aveva fatto tutto da solo eppure in qualche modo sentiva di poter dare una parte di colpa anche a Layla e alla sua assurda e infantile paura dei tuoni. Dopo aver insistito nel voler lavare i piatti, la vide armeggiare con le stoviglie quasi automaticamente, come se si fosse già abituata alla casa.
Non ce l'avrebbe fatta a rimanere tutto il giorno lì dentro, chiuso in quelle quattro mura all'improvviso soffocanti con lei che ormai conosceva tutto di quegli angoli.
Non era più libero in casa sua. Doveva uscire con o senza il disagio della pioggia, andare da qualsiasi parte che non fosse il suo appartamento altrimenti sarebbe esploso di rabbia e frustrazione.
"Ti va di andare in un museo?" propose dalla sala alzando un po' la voce.
"Un museo?" quella di Layla suonava come una domanda strana.
"Si, di fare altra roba per vecchi, insomma."
Lei rise, il cuore di lui fu attraversato da uno spillo.
"Andiamo al *Louvre*?"
"Senza prenotazione? Non credo proprio."
"Esistono altri musei?"
"Certo."
"Ok, allora mi affido a te."

Layla non aveva mai sentito pronunciare il nome di quell'artista: Rodin. A dire il vero non credeva nemmeno fosse così importante da dedicargli addirittura un museo. Non era grande quanto il *Louvre* ma aveva il suo piccolo fascino: un edificio bianco su due piani circondato da un giardino non solo ben curato ma anche in fiore, peccato per la pioggia che si abbatteva con violenza su quegli splendidi colori della natura, ci fosse stato il sole, pensò Layla, sarebbe stato uno spettacolo perfetto.
Lei ed Alex corsero all'interno prima di inzupparsi completamente, avevano pagato ognuno il proprio biglietto

e ancora una volta Layla dovette ringraziare Stacy per il suo buon cuore.

Il piano terra del museo si estendeva su una superficie abbastanza ampia da poter contenere una buona quantità di turisti, al di là vi erano delle finestre da cui si poteva vedere l'esterno del retro, una vasta piscina puntellata dalla pioggia e altre piante.

"Rodin visse qui per un periodo, poco prima di morire lasciò tutti i suoi beni allo Stato a patto che casa sua diventasse un museo." Alex le sussurrava all'orecchio in quanto si trovavano già in presenza di una guida turistica, non voleva dare l'impressione di volerle rubarle il lavoro.

Salirono le scale che avrebbero condotto al piano superiore, già qui Layla era col naso all'insù ad osservare le opere d'arte appese. Ancora una volta dovette rendersi conto che il turismo per vecchi non era poi così male. Osservare i quadri e le sculture si rivelò essere ancora più affascinante del panorama dal primo anello della *Tour Eiffel*, si chiese come fosse possibile che da un pezzo di marmo potessero nascere tutte quelle bellezze, e come fosse possibile che un quadro potesse essere più bello se non addirittura più realistico di una foto scattata con le ultime tecnologie.

La mente si perse nei corridoi e nelle stanze mentre Alex leggeva e traduceva le varie descrizioni esplicative appese accanto ai piccoli monumenti, fu davvero incredibile guardare quelle opere sia piccole che grandi, ciò che la colpì maggiormente fu la precisione con cui l'artista aveva scolpito delle mani in marmo, in pietra e in un altro materiale di cui non aveva ben compreso la traduzione.

In quel momento pensò a come sarebbe stato vivere in quegli anni così ricchi di arte e di persone con un certo talento artistico, il tempo aveva regalato loro le migliori comodità ma forse si era perso qualcosa di fondamentale.

Una strana patina di tristezza la attraversò il cuore, ma si cancellò non appena Alex la portò nella stanza dedicata alla scultura più famosa dell'artista.

Quante volte era stato a vederla, contemplarla, sia da solo che in compagnia, e ogni volta non riusciva a non sentire un lieve dolore.
A suo parere quella statua valeva dieci volte tutto il *Louvre*.
Il Bacio di Rodin sedeva al centro della stanza così che tutti potessero ammirarlo in ogni angolo e lato.
La coppia scolpita in marmo si abbracciava durante un bacio lungo quanto l'eternità della pietra. Il corpo dell'uomo come perno della struttura reggeva quello della donna che sembrava abbandonarsi completamente. La lavorazione della roccia poco riquadrata contrastava con la levigatura luminosa dei due corpi, la luce del marmo li faceva brillare di luce rendendoli ancora più incredibili e in qualche modo angelici. In presenza della statua il tempo poteva fermarsi senza rendere conto agli esseri umani, il cuore di Alex si era bloccato così come quello di Layla, a giudicare dall'espressione stupita ma allo stesso tempo pacata.
I turisti andavano e venivano, osservavano la statua, scattavano foto, si scambiavano occhiate e commenti poi partivano in direzione della seconda stanza. Nessuno si accorse dei due ragazzi alla finestra rimasti davanti l'opera d'arte per un tempo indeterminato.
Il mondo continuava a girare frenetico, tutti con le loro vite e le loro passioni, tutti con il tempo contato.
E poi c'erano loro due, fissi come quella statua che li aveva stregati.
"E' assurdo." Iniziò Layla parlando piano, come se avesse paura di disturbare quei due e il loro bacio eterno. "Non riesco a staccare gli occhi dalla perfezione di questa statua."
"E come darti torto? Non so quante volte l'avrò vista, eppure sembra sempre la prima. E' incredibile come certi artisti riescano a diventare immortali come le loro opere."

Layla ne rimase particolarmente colpita: "Che frase profonda."
Alex sorrise appena scuotendo la testa. "Ogni tanto mi escono ma fidati, sono molto peggio di quello che sembro."
"Io non credo."
La magia della scultura svanì.
Layla fece un passo avanti verso *Il Bacio*, le mani dietro la schiena, con una lieve piroetta tornò a fissare Alex dalla testa ai piedi come fosse la prima volta in cui lo vedeva, analizzandolo come fosse una statua o meglio, un'opera d'arte.
"E anche se fosse come dici sono sicura che hai un motivo per esser peggio di così. Per quanto non riesco proprio ad immaginarti cattivo, Aleksej."
Girò i tacchi e passò alla stanza successiva.

Purtroppo a causa della pioggia non poterono visitare i giardini dietro il museo, si accontentarono di mangiare velocemente in un ristorante lì vicino e poi di nuovo a casa.
Alex era andato a farsi una doccia mentre Layla si era seduta sul divano leggendo con attenzione le poesie che sin dal primo momento avevano catturato la sua attenzione, cercò persino di imparare qualche vocabolo della lingua di Alex. Era più forte di lei, le lingue straniere l'attraevano più di una calamita, c'era qualcosa di magico nel capire qualcosa che altri non comprendevano, parlare una lingua che altri non riuscivano a seguire, allora da linguaggio diventava un messaggio segreto e quell'aspetto la faceva letteralmente impazzire.

Alex scese le scale trovandola esattamente dove l'aveva lasciata: sul divano a leggere.
"Ho un'idea." Azzardò. "Se andassimo a *Notre Dame*?"

Gli occhi di Layla si illuminarono all'improvviso, con cura chiuse il libro portando le mani giunte sotto al collo. "Oh si, Esmeralda e Febo, che storia d'amore incredibile."
Alex spalancò gli occhi, quasi in automatico la testa si mosse in cenno negativo: "No."
"Ma si!" ribatté lei piena di convinzione e alzandosi dal divano. "Alla fine di tante vicende brutte, Esmeralda si sposa con Febo."
Ancora un verso indecifrabile: "No, alla fine Esmeralda viene impiccata con l'accusa di stregoneria e Febo si sposerà con Fiordaliso."
"Ma che ti stai inventando, e poi chi sarebbe Fiordaliso? Sul film d'animazione..."
"Ah si! La storia autentica del film d'animazione per bambini." Ovviamente la stava prendendo in giro. Abbattuto portò la mano al viso all'altezza degli occhi, un sospiro disperato: "Deduco che tu non abbia mai letto la storia di Hugo, *Notre Dame de Paris*." Layla scosse la testa negativamente. "Allora abbiamo trovato la nostra prossima meta."

Capitolo 10

Aveva smesso di piovere, ogni tanto qualche goccia sottile scendeva vana senza però riuscire a bagnare i passanti.
Il cielo grigio e l'aria fresca rendevano la cattedrale un po' spettrale, tanto che per un attimo Layla fu tentata di aggrapparsi ad Alex per proteggersi da un pericoloso inesistente. Osservava i gargoyle in pietra che dall'alto sembravano voler staccarsi dalla struttura per scendere sugli umani con l'unico scopo di creare scompiglio. Facevano un po' paura, una paura che però si cancellò non appena gli occhi si incontrarono con le tre porte della facciata principale, meravigliose ed enigmatiche allo stesso tempo.
Alex allungò l'indice verso la porta a sinistra: "Il portale della Vergine." Si spostò leggermente verso destra. "Il portale del Giudizio Universale e infine il portale di Sant'Anna. Se guardi bene sopra, nascosto dalle colonnine c'è la Galleria dei Re, il rosone centrale che secondo me si apprezza decisamente meglio dall'interno e sopra ancora la Galleria delle Chimere."
Layla annuì convinta. "Caspita, sei davvero ben informato."
"Mi piace studiare il luogo in cui vivo. Che ne dici, entriamo?"
Dovettero stare in fila per meno tempo di quanto si aspettassero, non appena furono dentro Layla fu invasa dal contrasto di luce tra interno ed esterno e dovette sbattere le palpebre più volte per abituarsi alla luce delle candele, ma non appena gli occhi presero forma, la bocca si spalancò per la maestria con cui tutto era stato perfettamente costruito. Le tre navate (di cui la centrale ovviamente più grande), i soffitti geometricamente identici

lasciavano difficile credere che quella fosse opera di esseri umani e non di qualche razza superiore.
Seguì Alex in religioso silenzio, nessuno dei due parlava e per capire bene ogni statua che le si parava davanti leggeva i rispettivi cartelli informativi, solo quando furono a metà di una delle navate Alex la prese delicatamente per un braccio indicando un punto in alto.
Seguì il suo indice per vedere il rosone centrale e per un secondo ebbe l'impressione di essere sotto l'occhio di Dio.
Un brivido l'attraversò e tutti sparirono lasciandola sola con quella meraviglia, perfino il pungente profumo di Alex lasciò spazio ad un misterioso odore di chiuso e umidità.
Il rosone era perfetto nella sua geometria circolare, i colori (purtroppo un po' spenti per via della scarsa luce esterna) blu, , celeste, rosa, viola e persino il nero creavano un perfetto fiore che sarebbe rimasto immutato nel tempo.
Se prima dava l'impressione di esser l'occhio di Dio, ora assumeva tratti floreali. Con uno sguardo più attento diventava un arazzo e Layla si promise che avrebbe fatto di tutto pur di riprodurre quella bellezza nella finestra della propria camera da letto in America. Sarebbe stata una bella impresa, riprodurre quella maestosità, ma in un modo o nell'altro ce l'avrebbe fatta.
"Che spettacolo." Sussurrò piano sorridendo speranzosa.
Alex la sentì ma non disse nulla, incrociò le braccia mettendosi al suo fianco, osservando il rosone che, per la prima volta, assunse una nuova meraviglia.

"Allora ti è piaciuta?"
Layla poggiò la tazza di cioccolata calda e annuì più che convinta.
Una volta conclusa la visita si erano seduti al *Café Esmeralda*, un piccolo locale al fianco della Cattedrale e affacciato sul fiume. Alex aveva optato per un piccolo calice di vino rosso.

"E insomma alla fine Esmeralda viene impiccata davvero."
Layla scuoteva la testa mentre osservava la pagina di internet dedicata alla storia di *Notre Dame de Paris*, Alex le aveva prestato il cellulare così che potesse informarsi a dovere. "No, preferisco la versione animata."
"Non avevo dubbi." Il ragazzo recuperò il telefonino e insieme girarono la testa verso la Cattedrale alle loro spalle.
Layla sospirò: "Ci pensavo prima, mentre eravamo dentro: com'è possibile che gli uomini riescano a creare qualcosa di così meraviglioso?"
Alex si esibì in un verso indecifrabile: "Per fortuna è stata risparmiata dalle guerre mondiali."
"Per fortuna."
"Comunque un tempo gli uomini osavano di più. Prendi per esempio la *Cappella Sistina* a Roma, si dice che Michelangelo pregò Dio per far sì che potesse desiderare sempre più di quanto riuscisse a realizzare. Oppure Rodin che abbiamo visto questa mattina, riuscì a fermare il tempo in una scultura. Adesso cosa abbiamo? Poco e niente."
Un ragionamento che non faceva una piega. "Già, è molto triste."
"Abbastanza."
Rimasero in silenzio per qualche minuto, entrambi a contemplare le proprie bevande, fin quando Layla non si sporse in avanti.
"Sai che ti dico? Inizia a piacermi davvero questa Parigi."
"Questa? Perché, ce ne sono altre?"
"Intendo quella che sto vivendo con te."
Alex non la guardò negli occhi, anzi, non ebbe nemmeno la reazione sperata. Non che Layla si aspettasse chissà cosa, dopo tutto era ben consapevole che si conoscevano da pochissimo e che i sentimenti che pian piano stavano nascendo erano probabilmente causati da una serie di diverse circostanze (il furto, la solitudine, la lontananza da

casa e il mistero che avvolgeva il ragazzo) tuttavia quando sentì la risposta di Alex non poté non rimanerci male.
"Domani lavorerò tutto il giorno."

Layla divenne più spenta e Alex sapeva bene il motivo, tuttavia non cercò di rincuorarla né durante la cena in casa né durante la visione di un film. Si scambiarono la buonanotte e tornò a sdraiarsi sul divano, un braccio sulla fronte e l'altro sullo stomaco.
Fuori stava piovendo ma non il temporale violento della notte precedente, in parte ringraziò il cielo.
Con che coraggio sarebbe tornato sul letto ad abbracciare Layla? Lui, pioniere della razionalità, che non aveva mai perso la testa per nessuna che gli aveva fatto gli occhi dolci (e ce ne erano state parecchie) che prima di tutto c'era il lavoro, la carriera e poi l'amore, si stava comportando come un sedicenne al primo amore.
Che sciocchezza.
Eppure…perché durante la visita al museo Rodin non riusciva a vedere altro se non lei? Lei che esaltava una delle statue più belle del mondo, lei che osservava gli interni della Cattedrale con lo stupore di una bambina in un negozio di giocattoli.
Lei che lo aveva chiamato Aleksej.
Ma si poteva davvero diventare così scemi perché una ragazza pronunciava un nome?
Solo pensare a lei al piano di sopra gli faceva venire il batticuore. Ed era arrivata dall'America per sconvolgerlo. Sapeva bene che se lo avesse detto ad alta voce probabilmente si sarebbe beccato degli insulti, ma ingraziò il ladro che le aveva strappato via il biglietto del ritorno. Se non avesse agito, se quell'uomo non avesse deciso di rapinare proprio lei, lui a quest'ora lui non si sarebbe trovato in quella strana, bellissima, sensazione.
Era triste, dispiaciuto ma un secondo dopo felice e spensierato.

Ah, stupido Alex.
Entrambe le mani finirono sul volto, un lungo respiro e il solito peso sul collo che gravava ogni notte, quando il buio e il silenzio facevano sì che i pensieri diventassero assordanti.
Ennesima notte insonne.
Doveva assolutamente fare qualcosa.
O forse, pensò, sarebbe stato meglio resistere ancora qualche giorno e aspettare che il suo attuale problema più grande prendesse il volo di ritorno per l'America

Capitolo 11

Così come Alex aveva dormito poco sul divano, Layla aveva riposato appena, sia per il terrore che qualche tuono si ripresentasse sia per quella assurda risposta del pomeriggio prima.
Raramente in vita sua aveva dichiarato (o quasi, non che quella fosse stata davvero una dichiarazione) i propri sentimenti al diretto interessato, e quasi mai lo aveva fatto faccia a faccia. Non sapeva perché, ma quello straniero di Parigi in un secondo era riuscito a farle dimenticare tutta la negatività che quel ladro le aveva cucito addosso. Era riuscito a sconvolgerla con la furia di un tifone e si sentiva come una ragazzina al suo primo amore. Colpo di fulmine? Forse, anche se non ci aveva mai creduto davvero. Che paradosso, pensò, una ragazza col terrore dei tuoni attraversata dal colpo di fulmine!
Il mondo accanto ad Alex sembrava diverso, Parigi sembrava diversa.
Una parte di lei immaginava la bella vita tra le vie romantiche con Alex mano nella mano, ma la parte razionale (che spesso aveva la voce della sua migliore amica Stacy alternata a quella del padre) le diceva di non illudersi, che presto sarebbe tornata alla sua vita normale in America, che quella a Parigi sarebbe stata solo un'avventura da raccontare e Alex sarebbe finito nel doloroso dimenticatoio degli amori impossibili.
Erano questi i pensieri che annebbiavano la mente di Layla impedendo al sonno di avere la meglio, aveva dormito poco e male con la conseguenza di un violento mal di testa il mattino successivo.
Si calmò solo quando sentì la porta d'ingresso principale chiudersi.

Alex era uscito per andare a lavoro.
Dopo un lungo respiro e con il cuore un po' più leggero alla consapevolezza di esser sola, si alzò dal letto, una rinfrescata in bagno, jeans, maglietta a maniche lunghe e scarpe comode. In cucina c'era la colazione già preparata questa volta senza biglietto.
Mai come in quel momento avrebbe desiderato poter parlare con Stacy, sfogarsi con un'amica vera e farsi suggerire una soluzione. Anzi, anche sua madre andava benissimo purché ci fosse qualcuno disposta ad ascoltarla.
"Anzi, no!" sbottò ad alta voce scuotendo violentemente la testa, cambiando idea in un secondo. "Andiamo Layla, non sei più una bambina, è ora che trovi da sola la tua soluzione."
Una strana determinazione montò in petto, sì, aveva Alex al suo fianco ma stava pian piano riuscendo a sopravvivere da sola senza bisogno di chiedere ogni dieci minuti il consiglio di qualcuno.
"Andrò all'ostello e gli chiederò scusa." Per quanto l'idea di disturbare qualcuno a lavoro non le andava particolarmente a genio, dedusse che quella era l'unica cosa da fare. "E chi resiste altri giorni con quello che tiene il muso?"
Forse quella era la scusa ufficiale, ma effettivamente l'intenzione era più che buona: parlare con il ragazzo, chiedergli scusa per quel suo atteggiamento troppo precipitoso e tornare a vivere come due persone civili.
Si, lo avrebbe fatto e con l'occasione avrebbe usato i mezzi dell'ostello per contattare i suoi genitori per dir loro che stava bene.
Finì di mangiare (la determinazione era riuscita persino ad aprire un buco nello stomaco) ma appena avvicinò la mano alla maniglia della porta, il campanello suonò.
Agì d'istinto e aprì nonostante non si trattasse di casa sua.
"*Bonjour chérie!* Per fortuna non ti ho svegliata!"

Rosalie aveva un sorriso contagioso sulle labbra, i capelli pettinatissimi e il fisico perfetto chiuso in un vestito non troppo appariscente, la borsa sotto braccio.
"Ciao." In qualche modo Layla fu sollevata nel vedere un viso amico e non qualche sconosciuto. "Cerchi Alex?"
"Oh no, *chérie*, cercavo proprio te! Alex mi ha detto che saresti rimasta sola tutto il giorno così ho pensato di farti compagnia! Che ne dici?"
E adesso?
Si mordicchiò il labbro inferiore guardandosi attorno, il progetto di andare a parlare non solo con Alex ma anche coi suoi sfumò in un attimo. Non sarebbe mai andata all'ostello assieme a Rosalie per parlare di questioni private tuttavia, pensò, un po' di svago le avrebbe fatto bene e non sarebbe stato carino rifiutare l'aiuto della ragazza che aveva fatto tanta strada solo per farle compagnia e, magari, cambiato i suoi di piani.
Rosalie poi non sembrava male. Non dava l'impressione di essere quel tipo di persona dalla doppia faccia, voleva davvero andare a fare un giro insieme a lei. In effetti avrebbe potuto mostrarle un lato di Parigi che con Stacy aveva visto solo in parte: quello dello shopping.
Anche se non aveva troppi soldi, si decise annuendo: "Si, mi cambio e arrivo!"
Indossò qualcosa di più carino e consono al mondo parigino, prese i soldi e Rosalie accettò ben volentieri di tenerli nel suo portafogli dato che lei non ne aveva più uno.
"Tranquilla *chérie*, abituata come sono con Simon, tenere solo un po' di soldi non mi pesa affatto! Di solito lui mi lascia il portafogli, le chiavi di casa, il cellulare e i fazzoletti! Ogni volta la mia povera borsa esplode, perché gli uomini si vergognano a comprarne una? Che male c'è?"
"Sei matta? La borsa non è un oggetto virile!"
Ridendo divertite si incamminarono verso la *Tour Eiffel*, da lì passarono attraverso il *Louvre* dove Rosalie non poté fare

a meno di visitare la piramide in vetro spiegando che quel monumento particolare l'aveva sempre affascinata.
"Mai stata al *Louvre*?" chiese a Layla che spostò la testa a destra e a sinistra. "Oh non ci credo! Alex non ti ha portata al *Louvre*?"
"Dice che senza prenotazione non è possibile entrare."
"Forse ha ragione, ma con un paio di giorni di anticipo ce la dovreste fare. Comunque è strano, è fissato coi musei ma soprattutto con la statua *Nike*."
Layla ne aveva sentito parlare, affascinata dalle forme angeliche in generale, sapeva di quella statua senza testa dalle ali spiegate ma non l'aveva mai vista dal vivo. Inoltre sapeva anche che dentro al *Louvre* vi erano bellezze come *La Gioconda* di Leonardo da Vinci che aveva ispirato libri e film.
Si, quel museo storico doveva assolutamente visitarlo prima di tornare a casa.
"Ieri siamo stati al museo Rodin." Disse Layla in difesa di Alex. "E' stato molto carino."
"Ah, il *Bacio*. Un'altra delle sue statue preferite. Non si direbbe ma quel ragazzo è un inguaribile romantico nonostante tutto quello che gli è successo."
Layla stava per fare l'inevitabile domanda ma Rosalie fu brava, molto brava, a cambiare discorso trascinandola dentro un negozio di articoli vintage.
Un negozietto piccolo, disordinato e pieno di cianfrusaglie, tuttavia il fascino che emanava superava di gran lunga l'estetica. Per un attimo Layla ebbe l'impressione che dietro la porta di quel negozio ci fosse in realtà un'apertura nel tempo e che fosse stata catapultata negli anni venti. Persino l'odore di chiuso aveva un non so ché di affascinante e retrò. La proprietaria era una minuta anziana molto gentile sia nei modi che nel parlare (per quel poco che comprese di francese).
Rosalie provò qualche cappello e nonostante non fosse proprio il suo stile anche Layla si divertì nell'indossare qualche abito antico, fu la prima ad acquistare un

cappello ampio e quando uscirono iniziarono a chiacchierare di moda.
L'argomento Alex era stato messo agli archivi.

Fu al quartiere di *Montmartre* che Layla perse completamente la testa. Alcuni scorci le erano familiari, già visitati con Statcy qualche giorno prima eppure sembrava un posto diverso. Gli artisti di strada con i loro quadri che nulla avevano da invidiare alle fotografie, i negozietti particolari e un misterioso odore di dolce proveniente da chissà quale pasticceria. Come aveva potuto non rendersi conto di tanta bellezza? Forse perché poco distante si trovava il luogo in cui era stata derubata.
E forse, pensò, se avesse incontrato il ladro lo avrebbe ringraziato con tutto il cuore.
"Ma che bel sorriso, *chérie*."
Se non fosse stato per Rosalie che se ne era accorta, Layla non avrebbe mai detto che le sue labbra si fossero inarcate verso l'alto. "Si, sono stata derubata a *Pigalle*, qui vicino, ma stavo pensando che alla fine non è andata poi così male."
Si scambiarono un'occhiata d'intesa e fu piacevole notare come si fossero capite al volo nonostante il poco tempo passato insieme.
Continuarono a passeggiare fin quando la strada non prese la piega di una salita e allora le venne in mente una lamentela fatta da Stacy riguardo delle scale troppo ripide e della poca voglia di salirle.
Layla allungò l'indice proprio in direzione di quella scalinata: "Rosalie, scusami, quella lassù cos'è?"
La ragazza alzò il naso. "La *Basilica del Sacro Cuore.*"
Il turismo per vecchi che aveva evitato come la peste.
"Possiamo andare a vederla?"

Era semplicemente bellissima, valeva la pena di tutti quegli scalini che poi nemmeno furono così faticosi.
Il bianco perla che si confondeva col grigio, il sole che vi batteva facendola brillare, le cupole che toccavano il cielo, il giardino curato attorno.
"Senza offesa ma nemmeno sembra di essere a Parigi."
Rosalie la fece voltare non appena raggiunsero l'ultimo gradino. "Tu dici, *chérie*?"
Ed eccola lì, Parigi che si sdraiava ai suoi piedi. Palazzi alti, palazzi bassi, monumenti e guglie che riempivano uno spazio immenso, da togliere il fiato.
La meravigliosa vista fu interrotta da un suono dolce e tranquillo, delicato, le due ragazze si voltarono per vedere un uomo intento a suonare un'arpa. A guardarlo bene era un anziano le cui mani pizzicavano le corde con un'esperienza tale da permettergli di tenere gli occhi chiusi durante l'esecuzione della melodia.
Rosalie e Layla si mossero all'unisono e si sedettero sugli scalini ad ascoltarlo, la maggior parte dei visitatori si fermò per un attimo a guardarlo e in un secondo radunò a sé una piccola folla di spettatori.
Layla respirò a pieni polmoni l'aria circostante e riuscì a riempirsi di calma, una calma che in America aveva difficilmente trovato.
Sarebbe stato bello, pensò, rimanere lì per sempre, ad ascoltare il fascino delicato della musica nella cornice di una città meravigliosa.

Si alzarono solo per via dei crampi allo stomaco, entrambe però concordarono sul fatto che avrebbero potuto rimanere sedute ad ascoltare quel uomo suonare per ore.
Gli lasciarono del denaro e il sorriso dell'anziano fu il migliore delle ricompense, non visitarono la *Basilica* a causa dell'immensa quantità di turisti in coda.
Lo stomaco protestò nuovamente così si concessero una baguette farcita ma optarono per mangiare mentre

camminavano dato che avevano riposato abbastanza sugli scalini del *Sacro Cuore*, senza rendersene conto raggiunsero i grandi magazzini *Lafayette* al cui interno vi erano i negozi delle migliori marche al mondo.

"Non farti spaventare, *chérie*, ci sono anche negozi accessibili per le persone normali! Ma affrettiamoci, poi voglio farti assaggiare i macarons più buoni di Francia."

Non appena entrarono un negozio saltò all'occhio: Rosalie vi ci si tuffò buttando il naso sopra le vetrine illuminate a giorno. I diamanti brillavano riflettendo la luce, alcuni dal colore classico trasparente, altri rosa, rossi, verdi che formavano piccoli arcobaleni artificiali.

Layla sorrise non appena vide l'inconfondibile azzurro simbolo del famoso marchio d'America. "Ti piace *Tiffany*?" chiese verso una Rosalie particolarmente esaltata.

"*Mon Dieu j'adore Tiffany*!" espresse l'opinione con vibrante entusiasmo. "Sogno che un giorno Simon arrivi con un anello simile a questo." E ne indicò uno il cui costo superava le cinque cifre, probabilmente una cifra che il ragazzo non avrebbe mai visto se non con un paio d'anni di stipendio (o forse anche più) "E mi chieda di sposarlo!"

Un po' invidiosa di quel sogno semplice e romantico, Layla non aveva mai avuto dei fidanzati tali da desiderarne il matrimonio. Abbozzò un amaro sorriso: "State insieme da tanto?"

"*Oui*, praticamente da quando siamo ragazzini. Da quando viviamo insieme le mie giornate sono più belle. Certo, è pur sempre un uomo e quindi ogni tanto ne combina una, ma credo di aver trovato il mio spirito affine."

Non aveva utilizzato la classica espressione 'anima gemella' e questo incuriosì parecchio Layla, segno di quanto quella ragazza fosse davvero particolare. Di nuovo il completo opposto di Stacy la quale credeva in così poco nell'amore tanto da voler diventare un'avvocatessa divorzista.

L'amore era un argomento che difficilmente trattavano insieme, si parlava più spesso di storielle, avventure di

una notte, ma mai di anelli al dito, navate e il classico finale 'vissero tutti felici e contenti'. A dire il vero Layla non aveva mai visto in una ragazza degli occhi così brillanti quando si trattava del padre dei sentimenti, Rosalie sapeva bene che Simon non si sarebbe mai potuto permettere un anello di quella cifra, ma il fatto che si sperasse un po' le donava una magnetica aria da bambina sognante.
Decise di alimentare quel sogno sorridendo dolcemente: "A New York, sulla quinta c'è un negozio di *Tiffany* che sono certa ti piacerà! E' uno dei miei preferiti, non ci ho mai comprato niente ma ogni tanto mi piace farci un giro."
"Giusto per sentirsi povere, vero?" si misero a ridere, poi Rosalie spalancò gli occhi alla massima estensione unendo le mani: "Oh cielo! Ti immagini io e Simon, New York, proposta di matrimonio dentro *Tiffany* con tutti che applaudono al nostro amore! Oh cielo! Potrei impazzire!"
"Al che spero di essere lì quando succederà"
Sognarono ad occhi aperti per un po' mentre osservavano i gioielli meravigliosi ognuno protagonista di un episodio diverso della loro vita immaginaria.
Layla adorava quel negozio esattamente come Rosalie, spesso, a New York, ci entrava solo per rifarsi gli occhi o per godere di quella bellissima atmosfera fatta di calore e raffinatezza. Aveva guardato il film *Colazione da Tiffany* e più volte avrebbe voluto imitare Audrey Hepburn nell'addentare un cornetto davanti la vetrina, sicura che, con la sua inesistente eleganza, il cornetto le sarebbe caduto proprio sulla vetrina e il suo sogno romantico si sarebbe trasformato in un lavoro: lavavetri.
Scosse la testa e seguì Rosalie verso la zona dedita alla cosmesi, scoprì con non troppo stupore che la ragazza era molto preparata sull'argomento, fece provare qualche rossetto a Layla che annotò un paio di nomi come promemoria di un prossimo acquisto in America, si spruzzarono vari profumi e alla fine si avviarono verso gli abiti, le scarpe e le borse.

Attraversarono i grandi magazzini provando i vestiti delle migliori marche ma senza comprare nulla, i prezzi erano decisamente troppo elevati, ma fu piuttosto divertente fingere di essere delle dive di Hollywood sul red carpet con indosso i migliori abiti delle migliori marche.
Infine raggiunsero la cima dei grandi magazzini e godettero nuovamente della vista della città.
"E' ora dei macarons!"
Layla insistette nel voler pagare i dolcetti. Li acquistarono nell'edificio dal lato opposto della strada, sempre della catena *Lafayette* ma dedicato completamente alla gastronomia francese. Si sedettero su un tavolo con macarons coloratissimi accompagnati da della semplice acqua, convinte che qualsiasi altro tipo di bevanda avrebbe mascherato troppo i gusti dei dolcetti.
"Questo al lampone e cioccolato è spaziale!" ammise Layla mangiandone uno e cercando di ricordare ogni aspetto del dolce, forse un giorno avrebbe provato a prepararlo anche lei. "Anche quello alla banana non è male ma questo è davvero buonissimo."
"Te l'avevo detto e grazie ancora per aver offerto."
"Mi sembra il minimo Rosalie, con tutto quello che state facendo per me dovrei offrirvi mezza Parigi!"
"Oh ma non lo facciamo certo per avere qualcosa in cambio. Simon, io e Alex siamo persone buone di natura, ecco perché siamo tanto uniti."
"Che io sappia Alex non ha sempre abitato qui, sbaglio?"
"No, non sbagli. Per un periodo è tornato nella sua città d'origine."
"E come mai ora è di nuovo a Parigi?"
"Per via di una brutta questione personale."
Rosalie sapeva di più, era evidente sia dal cambio di espressione che dalla velocità con cui abbassò gli occhi non appena sentì l'argomento Alex tornare fuori.
Layla cercò di andare un pochino oltre. "Confesso che all'inizio avevo quasi paura ma conoscendolo un po' devo ammettere che mi sbagliavo."

"Te lo ripeto, Alex è una delle persone più buone che io conosca, forse anche troppo. La sua bontà lo ha portato a commettere grossi errori di cui sta ancora pagando pegno."
E fu allora che capì che non era il caso di continuare.
La Layla di nemmeno una settimana prima avrebbe insistito nel voler sapere di più, eppure sentiva in cuor suo che era sbagliato, che non era rispettoso nei confronti di quel ragazzo che la stava aiutando così tanto per cercare di farle sentir meno la nostalgia di casa. Non era giusto nei confronti di Rosalie e della sua evidente fatica nel voler tenere nascosta la vita privata dell'amico.
Se l'avessero fatto a lei probabilmente si sarebbe arrabbiata non poco, per questo Layla lasciò perdere il discorso cercando qualsiasi altro argomento possibile.
"Sarà anche un bravo ragazzo." Riprese Rosalie indicandola con un macaron al cioccolato. "Ma se non ti porterà al *Louvre*, salirò su una scaletta e gli tirerò un pugno."
Layla scoppiò a ridere alla buffa immagine, una ragazza poco più alta di lei che cercava di picchiare uno di quasi due metri con l'ausilio di una scala. Scena da cartone animato. "Non voglio certo costringerlo, sta già facendo troppo."
"Sei davvero una brava ragazza, almeno tu."
"Almeno io?"
Ma esattamente come si aspettava, Rosalie non rispose.
Ripresero a parlare di tutto e niente tornando ai grandi magazzini questa volta entrando in negozi dai prezzi decisamente più accessibili.

Capitolo 12

Alex tornò a casa poco dopo l'orario di cena trovando Layla seduta sul divano a leggere, ormai stava diventando una pericolosa abitudine rincasare e trovare qualcuno ad aspettarlo.
Cercò di non pensarci prendendo un lungo respiro, il sorriso che nacque sulle labbra fu tirato ma con un colpo di fortuna Layla non se ne sarebbe accorta. "E' arrivata questa." Disse alzando una busta bianca e gliela consegnò ancora sigillata.
"Grazie."
Layla aprì il tutto con cura dopo aver osservato la busta contro luce, si ritrovò in mano una bella mazzetta con parecchio denaro. Non si stupì che il padre avesse già provveduto a farle arrivare dei soldi, quando si impegnava quel uomo era capace di tutto, persino rischiare di spedire del denaro liquido per posta e non in maniera più sicura. Ma, in fondo, le forze militari americane potevano tutto se volevano.
Sospirò immaginando la scena di Albert che entrava in caserma, poi in ambasciata e buttava su un casino pazzesco per aiutarla. Con un sorriso divertito scosse la testa tornando a guardare Alex: "E grazie anche per aver chiesto a Rosalie di farmi compagnia."
Certo, quel giro per negozi aveva stravolto il piano iniziale di parlare col ragazzo ma la giornata era stata comunque piacevole, le chiacchiere erano solo rimandate per quella sera e all'improvviso Layla non si sentì pronta, quasi aveva dimenticato il motivo per cui volesse tanto parlargli.
Alex si buttò sul divano a peso morto, visibilmente stanco portò la mano destra alla fronte. "Di niente, anzi, spero che non sia stata troppo invadente e non ti abbia fatto

troppe domande, a volte quella ragazza sa essere un vero tormento!"
"Al contrario, è stata gentilissima. Siamo andate al *Sacro Cuore* e poi a *Lafayette*. Mi sono davvero divertita!"
"Quindi immagino ti abbia parlato dell'anello di *Tiffany* da cinque cifre che vorrebbe da Simon."
Quell'ultima frase non se l'aspettava.
Uno strano sentimento le crebbe dentro, una piccola puntina nera si insinuò nel fondo del cuore, un misto di delusione e rabbia insensata. Chiuse il libro forzandosi di rimanere calma. "Si, da come ho capito tu e Rosalie siete molto in confidenza."
Alex ovviamente (e senza farlo apposta) non colse la piccola fiamma della gelosia, così rispose tutto tranquillo facendo spallucce: "Si, lei sa tutto di me e io di lei. Ha lavorato in ostello dai miei genitori, ma siamo diventati molto amici quando mi ha presentato Simon, sosteneva che fossi perfetto per giocare nel ruolo di portiere nella sua squadra di calcetto e da quel giorno siamo diventati una piccola famiglia. Ora lavora in una profumeria e credo proprio che presto la promuoveranno a manager."
Ecco spiegata la tanta cura per la bellezza estetica e i modi eleganti. Agli occhi di Alex, Rosalie era qualcosa di eccezionale, glielo si capiva da come ne parlava con stima e ammirazione.
Al che, forse per vendicarsi un po' per una colpa che Alex non aveva, Layla azzardò cambiando completamente argomento: "Come mai te ne sei andato per un po'?"
Forse aveva osato troppo e con il senno di poi, ma soprattutto notando il repentino cambio di espressione sul volto di Alex, si rese conto che quel ragazzo non aveva colpe, che dopo tutto Rosalie era arrivata prima di lei ed aveva quindi tutto il diritto di essergli amica.
Si sentì una vera e propria stupida ma ormai il danno era fatto.

Il silenzio che ne conseguì non fece altro che accrescere il disagio e il senso di colpa per essersi comportata da bambina.

Alex sospirò a pieni polmoni, si grattò dolcemente alla base del collo mostrando il piccolo frammento di una catenina dorata. "Problemi personali." Tagliò corto.

Per fortuna non le aveva sbottato addosso. Layla ebbe occasione di redimersi: "Perdonami, non volevo essere invadente."

"Tranquilla, non lo sei stata."

Prese coraggio, scosse la testa e si ritrovò persino a deglutire pesantemente. Ormai peggio di così non poteva andare e tanto valeva cogliere la palla al balzo: "Scusami anche per ieri, Alex. Spero tu non abbia travisato le mie parole, sto davvero rivalutando Parigi grazie a te."

"Non devi scusarti Layla, non hai fatto niente di male. Anzi, scusami tu se sono stato fuori tutto il giorno."

"Il lavoro è lavoro, non esiste che una persona debba scusarsi per una questione di tale importanza."

Lui la guardò come se avesse detto qualcosa di assurdo. Scosse la testa leggermente imbarazzato. "Si, deduco di si." Doveva assolutamente fare qualcosa per tirarsi fuori da quell'assurda situazione, se c'era una cosa che detestava era proprio quella di sentirsi in imbarazzo di fianco ad una ragazza. "Hai cenato?"

"A dire il vero no, ho fatto uno spuntino con Rosalie e per ora non ho molto appetito."

"Fammi indovinare: i macarons a *Lafayette*."

"Si."

"Li adora."

"Ha ragione, sono deliziosi."

Stettero in silenzio per un po', ognuno avvolto nei propri pensieri. Layla in piena battaglia con i suoi sentimenti misteriosi, Alex con il senso di colpa per aver mangiato prima di tornare a casa e aver lasciato l'ospite senza compagnia.

Maledì la baguette farcita e pregò lo stomaco di riuscire a mangiare qualcos'altro: "So che hai camminato tutto il giorno ma, ti va di fare due passi?"
Layla accettò solo perché in qualche modo sentiva che quella passeggiata avrebbe espiato le sue colpe.

Da come lo seguiva, Alex capì che Layla aveva imparato a memoria la strada per ponte *Alessandro III*, notevole che una ragazza che si faceva derubare era allo stesso tempo così dotata di senso dell'orientamento. Durante la passeggiata parlarono degli argomenti più svariati, dai clienti dell'ostello alla passione per il calcio.
Layla ascoltava molto e parlava poco e in quel momento Alex si rese conto che era proprio quello ciò che gli mancava di più: qualcuno che lo ascoltasse senza giudicare troppo, senza interrompere ogni secondo e senza sparare sentenze. Inoltre, forse per via della luce diversa che assumeva Parigi durante la notte, Layla sembrava avere qualcosa di diverso. Diversa da quella ragazza spaventata e tremante all'uscita dell'ambasciata americana, da quella che si faceva problemi per qualunque cosa, da quella che aveva bisogno della migliore amica anche per muovere un solo passo.
Era cambiata così tanto in così poco tempo.
La vide fermarsi sul ponte ad osservare la lontana *Tour Eiffel*, il mento poggiato su una mano e il sorriso enigmatico.
In quel momento Alex si rese conto che non si trovava più davanti ad una ragazza.
Lei era un dipinto, anzi, era una vera e propria opera d'arte e per apprezzarla a pieno fece un passo indietro, uno solo. Riusciva a rinchiudere in sé tutti i colori del mondo e tutte le sfumature possibili. Si concentrò bene e notò il piccolo dettaglio del sorriso sincero, pulito, un dettaglio che inizialmente aveva trovato superficiale. E fu lì che l'opera d'arte si fermò prendendo forma di una

persona reale, in carne ed ossa, ma eterna come un angelo.
Una musa che solo i migliori pittori del mondo avrebbero potuto rendere immortale.

Alex era fermo di fianco a lei, percepiva il suo sguardo e si sentiva un po' a disagio ma lo lasciò fare cercando di concentrarsi sulla *Tour Eiffel* illuminata e sulle strade che formavano delle piccole vie lattee artificiali. Dopo un po' non si sentì più in soggezione, anzi fu quasi piacevole che la guardasse, che studiasse ogni centimetro del corpo e lei avrebbe voluto fare lo stesso ma temeva che spostandosi avrebbe interrotto quella bellissima magia.
Lui sta stava ammirando, anche se non lo guardava e ne aveva la certezza, sapeva che i suoi occhi erano incollati al proprio aspetto.
Le venne da ridere ma si trattenne, sentirsi ammirate e belle era sempre un piacere immenso.
Fu Alex ad avvicinarsi, le mise il braccio attorno le spalle e la strinse a sé senza dire una parola.
Per la seconda volta, in cuor suo, Layla ringraziò il rapinatore che l'aveva costretta a restare a Parigi.

La voce della coscienza gli diceva che stava sbagliando, la voce del cuore gli disse che quella era la cosa giusta da fare.
Anche solo per una sera voleva sentirsi nuovamente amato o comunque voleva stringere qualcuno per cui provava qualcosa.
Layla non cercò nemmeno di divincolarsi, anzi poggiò la testa sul suo corpo chiudendo gli occhi.
Avrebbe voluto rimanere in quella posizione per tutta la vita, diventare una statua agli occhi di tutti un po' come il *Bacio* di Rodin.
"Che ne dici se domani ti portassi a *Versailles*?"

Layla alzò la testa con gli occhi quasi fuori dalle orbite.
"Santo cielo, sì! Ci hanno girato *La Maschera di ferro* con Leo di Caprio, vero?"
"Leo? Cos'è tuo parente?"
"Oh tutte le donne lo chiamano Leo!"
"Mi fa piacere che tu conosca Parigi solo grazie a dei film assurdi."
"Non insultare Leo!"
"Perché, altrimenti cosa mi fai?"
Alex aveva abbassato la testa stringendola ancora più forte, costringendola a guardarlo negli occhi.
Layla sentì bruciare dentro, il cuore impazzito e gli occhi magneticamente incollati a quelle due sfere verdi.
Le labbra pericolosamente vicine, i respiri che andavano all'unisono e le mani che senza preavviso iniziarono a cercarsi.
Ma lo stomaco di Layla vinse la battaglia con il cuore, brontolò rumorosamente generando l'ilarità di Alex, distruggendo il perfetto momento romantico.
"Oh accidenti!"
La donna sicura che aveva abbracciato era tornata la ragazza insicura.
"Oh no scusa, è colpa mia! Vieni, ti porto a mangiare qualcosa."
"Niente ristoranti, ti prego! Voglio qualcosa che posso mangiare immediatamente o giuro che mangerò te."
Alex aprì le braccia. "Qui c'è tutto muscolo, serviti pure." Concluse il tutto facendole l'occhiolino.
Dovette accontentarsi di un panino farcito al massimo e un gelato fugace.
Sulla via del ritorno a casa parlarono molto di Rosalie e Simon, di nuovo delle avventure calcistiche di Alex, di Stacy e dell'amicizia con Layla.
Nello scambiarsi le informazioni sulle loro vite, mentre confrontavano ciò su cui erano in disaccordo e sorridevano su ciò in cui andavano d'accordo, di nuovo il corpo agì da solo e le mani si unirono in una stretta.

Tornarono a casa e si addormentarono insieme sul divano.

Capitolo 13

A svegliarli fu il trillo insistente del cellulare.
Alex si svegliò per primo e con delicatezza spostò il corpo di Layla in dormiveglia, lanciò una rapida occhiata all'orologio sulla parete e l'ora lo svegliò peggio di una doccia fredda. Chi poteva essere alle sei del mattino? Cercò il cellulare con lo sguardo fin quando non si rese conto di averlo nella tasca dei pantaloni, la batteria quasi scarica e si maledì per essersi addormentato prima di metterlo in carica.
A chiamare era suo padre.

Sia per lo status di dormiveglia che per il fatto che si trattasse di una lingua sconosciuta, Layla si svegliò in uno stato confusionale e forte mal di testa dovuto al trambusto circostante.
Alex era andato a parlare in cucina e sembrava particolarmente agitato, gesticolava e sospirava, più che preoccupato sembrava scocciato.
Erano le sei e cinque del mattino, raramente si era svegliata in orari simili, tutto quello che desiderò in quel momento fu riaddormentarsi con Alex al suo fianco, possibilmente sul letto.
Ma il desiderio fu ben presto distrutto dalla cruda realtà.
Il ragazzo tornò dalla cucina, il viso cupo. "Mia madre non si sente bene, devo prendere il suo turno all'ostello." Sospirò scuotendo la testa. "Scusa, niente *Versailles*."
Un po' delusa Layla si alzò dal letto. "Ma no, figurati, ci torneremo. Cos'ha tua madre?"
"Papà la sta portando in ospedale."
"Santo cielo!"

"Mi farà sapere più tardi."
Non seppe cosa dire, Layla ripensò a sua madre e riuscì solo a sentirsi in colpa per non aver ancora contattato a dovere i genitori da quando la sua vacanza a Parigi era stata forzatamente prolungata.
"Se posso." Disse alzandosi dal divano. "Approfitterò della cosa, verrò all'ostello con te, ti farò compagnia e chiamerò a casa."
Alex scosse la testa scettico: "Se li chiami adesso gli prenderà un colpo."
Giusto, il fuso orario. E adesso che poteva fare alle sei del mattino a Parigi?
"Resta qui a riposare ancora un po'." Propose Alex avvicinandosi, nemmeno le avesse letto dentro la testa. "Ti aspetto verso mezzogiorno all'ostello, andiamo a pranzo e poi chiamerai a casa. Che ne pensi?"
In effetti sembrava l'unica cosa possibile da fare, anche perché il sonno che Layla aveva addosso era tale da impedirle di stare in piedi, poi non poteva fare nulla per i genitori del ragazzo, non avrebbe avuto senso che fosse lei a presentarsi in ospedale e non lui, e soprattutto non avrebbe potuto lavorare in ostello.
Annuì borbottando qualcosa, Alex le schioccò un bacio sulla fronte. "Allora vai a letto, ci vediamo dopo."

Dormire? Era una parola!
Non faceva altro che pensare a quel bacetto sulla fronte, al vicinissimo contatto col fisico, la morbidezza delle labbra.
Aveva provato in tutti i modi: contare le pecore, sognare ad occhi aperti, cercare di abbandonarsi al mal di testa ma niente. Nemmeno quando Alex uscì di casa il sonno sembrò voler mettersi dalla sua parte.
Stava davvero nascendo qualcosa tra loro o era soltanto l'euforia del momento?
"Sveglia Lally!" le urlò il cervello. "Lo conosci da quanto, una settimana? E' gentile con te perché deve esserlo!"

"Forse era così all'inizio ma non ora! Gli brillano gli occhi."
Si difese ad alta voce nascondendo il viso tra le coperte.
"Ma quali occhi e occhi, svegliati!"
"Anche ieri sera sul ponte, se non fosse stato per il mio stupido stomaco a quest'ora..."
"Era il tuo corpo che cercava di metterti in guardia."
"Ma che sciocchezza, Layla."
"Svegliati, Layla!"
Dopo un paio d'ore passate tra dibattiti interni e inutili tentativi di addormentarsi, decise che era giunta l'ora di alzarsi, qualunque essa fosse e per fortuna erano le nove e mezzo.

Tempo di una doccia, un cambio e una rapida asciugata ai capelli, uscì di casa alle dieci in punto, fece colazione in un bar assaporando un delizioso croissant al cioccolato accompagnato con un caldo caffè, l'impasto del croissant era simile a quello dei cornetti che ogni mattina Alex le faceva trovare in cucina, forse era lo stesso bar in cui si riforniva, le piacque fantasticare un po' e vederlo fare shopping culinario per lei. Chissà cosa dicevano i passanti mentre vedevano un bel ragazzo tornare a casa con dei numerosi cornetti, chissà se agli occhi degli altri risultavano come fidanzati mentre mangiavano fuori o visitavano i monumenti.

Mentre pensava a leggerezze varie accantonando la parte razionale che cercava (inutilmente) di venire fuori, osservava il mondo esterno che prendeva vita e ancora una volta il paragone con l'America fu inevitabile. Notò subito la presenza degli alberi nel bel mezzo dei viali, cosa che nell'America da lei conosciuta non esisteva proprio, a Parigi la gente si salutava sorridendo, nella sua America tutti erano frenetici, rapidi e si scambiavano occhiate senza un preciso significato.

Sospirò pagando il conto e camminando per le vie, si fermò in qualche negozietto cercando di acquistare il meno possibile, tuttavia prese un dipinto di ponte *Alessandro III*, quella struttura che stava diventando qualcosa di più di un semplice monumento attraversato da tutti, piegò il disegno con cura nella speranza che non si rovinasse durante il viaggio di ritorno, sarebbe stato un vero peccato.

Alex l'aspettava all'ingresso dell'ostello, la vide arrivare di corsa con un sacchetto in mano e non gli ci volle molto per riconoscere la scatolina con i macarons.
Layla nemmeno lo salutò, ma abbassò la testa in segno di scusa. "Perdonami, non ho saputo resistere, ma prima di me c'era una signora anziana che proprio non voleva saperne di decidersi! Ho fatto tardi per colpa sua."
Alex sorrise e per tranquillizzarla maggiormente le mise una mano sulla testa. "Tranquilla, non ti aspetto da molto, e con gli anziani ci vuole pazienza."
"Tua mamma come sta?"
"Bene, pare sia solo stato un semplice calo di pressione ma si è fatta prendere dal panico come sempre. Ora ha la febbre, il temporale della scorsa sera l'ha colta in pieno mentre tornava a casa dopo il lavoro, per fortuna niente di grave."
"Oh poverina, mi dispiace."
"Va tutto bene, grazie lo stesso. Mamma è leggermente ipocondriaca." Riuscì a sorridere anche grazie la tensione scesa del tutto dopo aver ricevuto il responso positivo del padre. "Allora, hai fatto spese?"
"Ho acquistato un quadro del ponte, mi è piaciuto a prima vista, poi te lo farò vedere."
"Va bene. Hai fame o ti sei già mangiata mezzo negozio di macarons?"
Layla assottigliò lo sguardo con finta rabbia. "Si, li ho mangiati tutti ma ho comunque fame."
"Allora preparati perché tra poco ne avrai ancora di più."

"Stai scherzando?" sbottò Layla indicando la *Tour Eiffel*. "Vorresti davvero risalire tutti i gradini?" scosse la testa negativamente e con fermezza: "Prima di pranzo? Ma sverrò alla seconda scala! Non se ne parla nemmeno."
Alex si mise a ridere divertito non tanto per la frase quanto per l'espressione spaurita della ragazza. "No dai, questa volta prenderemo l'ascensore."
Layla si sentì decisamente sollevata e il fiato le si mozzò quando arrivarono niente meno che al *58 Tour Eiffel* il ristorante panoramico situato al centro della torre.
Non si sarebbe mai aspettata un posto del genere, a primo occhio vide l'eleganza del luogo, sembrava che nulla fosse trascurato, dal tovagliolo piegato con eleganza e la precisione quasi chirurgica con cui tutto era stato posizionato. Immaginò che di sera, con le candele accese e Parigi sottostante che formava una splendida via lattea artificiale, quel locale sarebbe stato perfetto per una cenetta romantica.
Persa nei propri pensieri e nelle immagini più fantasiose, Layla non si era accorta che Alex si stava dirigendo ad un tavolo a seguito di un cameriere, li raggiunse quasi di corsa sotto lo sguardo divertito di alcuni presenti.
Il tavolo loro riservato era vicino alla maestosa vetrata e si affacciava sulla città.
Alex ordinò il vino, Layla si fidò ciecamente della sua scelta così come per il cibo, era così emozionata e un po' tesa all'idea di essere in quel posto con lui. Talmente agitata che non riusciva a guardarlo negli occhi, lo sguardo fisso verso il basso e verso la città.
"Ti piace?"
Alex la risvegliò dal sonno, annuì sentendo le orecchie avvampare. "Sì, è bellissimo."
"Sentivo il bisogno di portarti in un posto speciale."
Quella frase la imbarazzò ancora di più.
Tutti i dubbi di quella mattina, la lotta interiore con la sua parte razionale scemò all'improvviso lasciando spazio a

quelle parole e a quegli occhi spettacolari. "Alex..." iniziò ma uscì dalla bocca come un sussurro.
Il cameriere servì il vino che poi Layla scoprì essere uno champagne in una coppa di vetro caratteristica, lo presentò in direzione di Alex parlando francese lasciandoli soli non appena la bevanda fu ben accettata da entrambi, brindarono facendo unire i due calici e sorridendosi a vicenda.
"Devo essere onesto, Layla, di solito gli americani non mi piacciono ma tu sei riuscita a farmi cambiare idea."
Non si sentì offesa, solitamente era una persona abbastanza patriottica ma decise che avrebbe perdonato quella piccola accusa nei confronti del popolo americano.
"Insomma tu mi hai fatto cambiare idea su Parigi e io ti ho fatto cambiare idea sugli americani."
"Non esagerare, credo che tu sia un'eccezione. Senza offesa ma gli americani, almeno i pochi che ho conosciuto in ostello, si credono un po' troppo i padroni del mondo e la cosa non mi piace."
"Beh è anche vero che siamo una potenza mondiale abbiamo tutto il diritto di montarci un po' la testa."
"Lungi da me negare che siete una potenza mondiale, ma un po' di umiltà non guasterebbe."
Layla ripensò ad alcuni colleghi di suo padre in effetti un po' troppo pieni di sé e di esagerato patriottismo. Sospirò facendo spallucce e alzando entrambe le mani: "Forse hai ragione."
"Io ho sempre ragione."
"Invece voi polacchi vi dimostrate sempre gentili. O ci sono eccezioni anche tra voi?"
Alex alzò il dito indice per ammonirla. "Mezzo polacco."
"Giusto."
"E credo di esser parte di quelli buoni."
A Layla tornarono in mente le parole di Rosalie riguardo Alex, il suo essere troppo buono e il suo andar via dalla terra (mezza) natia per motivi personali. "Ti manca mai casa tua? Quella in Polonia, intendo."

"Varsavia." Sussurrò.
Poi si fermò ad osservare la coppa di champagne, spostò gli occhi verso Parigi e un raggio di sole lo attraversò illuminandolo ancora più intensamente e abbracciandolo con un piacevolissimo tepore. Respirò profondamente, gli occhi che ora vagavano nel vuoto, persi in chissà quale ricordo del passato, in quel problema personale di cui nemmeno Rosalie aveva fatto un minimo accenno.
Fu solo un attimo, poi Alex tornò su di lei. "No. Non mi manca affatto. Credo che si provi nostalgia solo per le cose importanti, non trovi?"
"Si, sono d'accordo."
"Per esempio, immagino che a te manchino la tua famiglia e la tua amica."
Una domanda prevedibile ma Layla si lasciò comunque prendere di sorpresa. Ripensò alle lacrime della sera del ladro, a come Stacy l'aveva consolata e come ben poche erano le speranze di tornare a casa in tempo. Quando si era svegliata da sola in ostello senza la migliore amica al fianco, allora si che aveva avuto una terribile nostalgia di casa, la paura di cosa potesse passare nella mente dei genitori nel vedere tornare Stacy all'aeroporto senza di lei. Poi, come un fulmine a ciel sereno, come un ladro nel cuore della notte, Alex era arrivato prendendosi tutte quelle paure e la nostalgia. In un certo senso era riuscito a trasformarla in pochi giorni facendole tirar fuori una determinazione e una grinta che raramente aveva utilizzato a casa se non per superare qualche difficoltoso esame.
Fu il suo turno di prendere un lungo respiro. "Sai Aleksej." Il vero nome uscì quasi in automatico. "I primi giorni avevo paura, adesso no. Si, amo la mia famiglia, mi preoccupo per loro, eppure...La verità è che al tuo fianco non ho più timore, non sento nostalgia o paura o ansia. Io credo che in tua presenza tiri fuori quella me stessa che in America non posso esternare per paura del giudizio degli altri. Per anni ho cercato di essere una buona figlia, una

studentessa diligente, una ragazza seria, mi sono sempre sforzata per risultare perfetta quando mi sono resa conto che per esserlo bastava incontrare te. So che è assurdo e tremendamente infantile dirtelo dato che ci conosciamo da meno di una settimana, io non credo nel colpo di fulmine eppure è successo qualcosa, forse non sarai un fulmine ma una scintilla ma cavoli, tutto quello che hai fatto e che stai facendo per me mi sta sconvolgendo! Mi sento davvero come una ragazzina al suo primo amore. Voglio dire, per te ho scalato la *Tour Eiffel*, una cosa che io non avrei fatto nemmeno sotto acidi! Ecco, ecco come mi sento al tuo fianco: completamente drogata e incapace di intendere e di volere." Alex si mise a ridere e quel sorriso ebbe il potere di far voltare tutti i presenti in loro direzione, ma Layla nemmeno se ne accorse. Sentì dentro di sé che se non avesse sfruttato quel momento non lo avrebbe fatto mai più. Doveva far esplodere tutti i sentimenti altrimenti sarebbe crollata: "Quello che sto cercando di dirti è che si, ci conosciamo da pochissimo e probabilmente non vorrai più sentire parlare di me una volta che prenderò il volo verso casa, ma tu piaci Aleksej e se per dimostrartelo dovessi salire su questa Torre tutti i giorni a piedi, lo farei senza pensarci due volte."

Suonava strana come dichiarazione, non che avesse avuto tutte queste fidanzate ma mai nessuna gli aveva confessato di sentirsi sotto l'effetto di droghe in sua presenza. Faceva tenerezza con quel viso che diventava sempre più rosso e il bicchiere di champagne che piano piano diminuiva, forse era l'effetto dell'alcol a farla sembrare così teneramente agitata e impacciata, forse erano i suoi occhi che per qualche assurdo motivo avevano iniziato a guardarla in modo diverso.

La razionalità dentro di sé gli ordinava di tornare coi piedi per terra, che quella era solo una ragazza come tante altre (anzi, peggio delle altre in quanto abitava in un altro Stato) con una cotta provvisoria, ma la parte sinistra del cuore lo implorava di lasciarsi andare. Aveva sofferto abbastanza,

Aleksej, e forse era finalmente giunta l'ora di tornare a vivere, di buttare via ciò che era stato ed era successo.
Dopo tutto era il consiglio che Rosalie e Simon gli davano da mesi.
Nonostante i suoi genitori si fossero conosciuti ad un incontro di poesia, lui non era mai stato così bravo a parole così lasciò che fosse il corpo ad agire. Approfittando della superiorità del suo fisico si allungò sul tavolo facendo attenzione a non far cadere nulla.
In un istante, sopra lo sguardo di tutta Parigi, Aleksej posò le labbra su quelle di Layla.

Quando lo vide alzarsi di poco pensò che avesse buttato alle ortiche tutto quanto. Cosa le era venuto in mente? Dichiararsi così, come la più imbarazzante delle mocciose e per dirgli cosa? Che la faceva sentire sotto acidi!
Che frase cretina!
Il cuore ebbe un sussulto e i sensi di colpa iniziarono a divorarla, fin quando non sentì le morbide labbra del ragazzo sulle sue. Fu un gesto talmente inaspettato che si dimenticò di chiudere gli occhi eppure riuscì comunque a percepire la magia del momento. Il profumo fresco e pungente di Alex entrò nelle narici confondendosi con quello dello champagne, il tocco morbido delle labbra contrastava al massimo con quello frizzante delle bollicine.
Anche se in quel momento Layla aveva totalmente perso la cognizione del tempo, si rese conto che non durò molto.
Quando si staccarono, Alex aveva stampato sul volto un sorriso talmente bello che lo rese un ragazzo diverso.
E Layla si innamorò anche di lui.

Capitolo 14

Stacy impiegò più tempo del solito per rispondere, con un rapido calcolo Layla si rese conto che probabilmente alle nove del mattino la migliore amica stesse ancora dormendo, infatti appena apparve in webcam mostrò i capelli arruffati e una felpa stropicciata indosso. Ma gli occhi visibilmente stanchi si illuminarono non appena la videro.
"Ciao Lally!"
"Ciao bella ragazza!"
Scambiarono velocemente quattro chiacchiere cercando di perdere il meno tempo possibile, Layla sentiva il bisogno di raccontarle di quel pranzo particolare.
Stacy la informò dell'ansia meno opprimente dei genitori, ora che sapeva che la figlia aveva abbastanza soldi per vivere tranquilla a Parigi, Albert aveva smesso di telefonare tutti i giorni alle banche e alle varie ambasciate, Dalia nascondeva l'ansia in maniera decisamente peggiore rispetto al marito tuttavia cercava di fare del suo meglio.
Una volta concluso il resoconto sui genitori di Layla, Stacy si avvicinò alla webcam come a voler sussurrare per non farsi sentire, la cosa divertì Layla, Stacy aveva una stanza tutta sua e non c'era nessuno che avrebbe potuto origliare la conversazione. O almeno, così sperava.
"Come va con l'amico francese?"
Layla iniziò prendendola molto larga, prima le disse di Rosalie, Simon, dei grandi magazzini, dei negozietti che si erano perse durante la loro gita e poi, come se fosse stata la cosa più naturale del mondo, le raccontò del bacio in uno dei ristoranti più chic della capitale.
Stacy urlò così tanto che le cuffie di Layla fischiarono, ma aspettandosi una reazione simile aveva già tolto

l'apparecchio dalla testa per evitare di esser frastornata. Di nuovo.

"Non ci posso credere!" continuò dopo l'urlo. "In una settimana sei cambiata così tanto? Questa sarebbe una cosa da me, non da te! Layla Silfrey che va a dormire da uno sconosciuto e lo bacia pure! Chi sei tu? Ridammi la mia migliore amica!"

Layla rise di gusto ma quelle parole la segnarono particolarmente.

In effetti non era da lei quel comportamento così libertino, non lei che portava via Stacy ubriaca dai locali o la salvava dalle mani di qualche ragazzo che cercava solo avventure.

"Andiamo, non sto facendo nulla di male." Si difese alzando le mani.

"Ma poi che farete, una storia a distanza? Parliamo di due Stati diversi con almeno sette ore di aereo tra uno e l'altro."

"Adesso sei tu che parli come me, Stacy. Non proiettarti troppo sul futuro, per ora sto bene e voglio godermi il momento."

"Si, ma...Non voglio vederti soffrire."

Il cuore le si intenerì a dismisura, sentì gli occhi pizzicare e fu sicura che se Stacy fosse stata lì sarebbe scoppiata a piangere. "Grazie, ma non succederà."

"Lo spero bene o lo ammazzerò."

"Stacy, non mi ha costretta a fare nulla, sono pienamente consapevole delle mie azioni. Se soffrirò sarà solo colpa mia."

L'amica stette un po' a pensarci, poi sospirò scuotendo la testa. "Come vuoi. Ora tocca a me raccontarti una cosa assurda: ti ricordi di Travis?"

"Il tuo ex, si."

La mezz'ora di videochiamata di Layla si concluse con le solite chiacchiere di poco conto su Stacy e il suo vecchio fidanzato che era tornato alla carica. Mentre l'ascoltava, Layla si chiese cosa avrebbe pensato Rosalie di tutta quella faccenda e, un po', sentì la nostalgia dei ragionamenti da persona matura della ragazza francese.

Cenarono insieme in un ristorantino poco distante da casa, il tempo suggeriva il ritorno della pioggia ma nonostante tutto la città aveva mantenuto il suo bel calore caratteristico.
Layla guardava fuori cercando di concentrarsi ora sulla donna elegante che passava col cane al guinzaglio, ora sul ragazzo che correva verso chissà dove, sulla coppia di anziani che passeggiava serena, ma proprio non riusciva a togliersi dalla testa la conversazione avuta quel pomeriggio con la migliore amica dall'altra parte del mondo. Si era promessa che avrebbe iniziato a ragionare con la propria testa, che non avrebbe più ascoltato troppo i consigli di Stacy, eppure un dubbio le era sorto alla domanda sulla relazione a distanza.
Ma quale godersi il momento, quale cambiamento, in realtà nella testa già si era proiettata il film di un futuro roseo accanto il ragazzo conosciuto da poco. La verità era che voleva sembrar forte ma in realtà la fragilità era il suo perno costante. Era sempre stata una di quelle bisognose di avere qualcuno accanto, un fidanzato sempre disponibile e a portata di mano, un ragazzo amorevole che la coccolasse ogni volta in cui ne avesse bisogno. Come avrebbe fatto a sopportare tanta distanza con Alex?
E Stacy aveva ragione, a separarli non c'erano poche miglia ma sette ore di volo. Sette!
No, no, doveva rimanere coi piedi per terra e considerare quello che era successo come niente di che, un bacio e nulla più. Non stavano insieme, un momento di debolezza di entrambi aveva solo ravvivato quella permanenza forzata a Parigi.
Alex la osservava tra un bicchiere di vino e una forchettata di bistecca, anche se lei non parlava percepiva comunque

della tensione nell'aria. "Tutto bene?" le chiese a bruciapelo senza tanti complimenti.
Layla si scosse un po' tornando su di lui, sforzandosi di sorridere. "Si, scusami, stavo pensando a Stacy, deve vedersi nuovamente col suo ex e mi chiedevo come stesse andando."
"Capisco."
Era palese che non fosse vero, Alex decise che ci avrebbe girato intorno ma presto o tardi avrebbe scoperto il motivo di tanto turbamento. "Nostalgia di casa?"
"A dire il vero no."
"Del tuo ragazzo?"
A quella domanda Layla scosse la mano a destra e a sinistra. "Sono single da anni."
"Dunque nessuno prenderà un aereo per tirarmi un pugno per averti baciata?"
Riuscì a farla sorridere. "No, nessuno."
"Sono più sollevato. Anche perché non te l'ho dato a caso, credo davvero di provare qualcosa per te."
E fu allora che Layla non resistette più, abbandonò le posate esasperata. "Ma ci distano ore di aereo, come faremo?"
Di una compostezza completamente diversa dalla sua e totalmente padrone delle proprie emozioni, Alex asciugò le labbra sul tovagliolo, lasciò le posate con calma e infine la fissò dritta negli occhi. "Mi fai stare bene, al tuo fianco Parigi ha una luce diversa. Dici che è una follia? Si, hai ragione, è assolutamente una follia ma va bene così, dopo tutto. Io voglio provarci lo stesso, se non te la sentirai e avrai cambiato idea a dispetto di quello che mi hai detto ieri, non ti biasimerò."
Layla rimase abbastanza colpita da quelle parole. Si fermò nonostante il cuore battesse come mai, la voglia di prenderlo e abbracciarlo davanti a tutti era irresistibile. Le trasmetteva una sicurezza e un coraggio tali che ebbe la sensazione di riuscire a ribaltare il mondo con una mano sola. In un lampo di speranza, pensò che forse ce

l'avrebbero fatta, che la distanza alla fine si sarebbe superata con qualche ora di aereo, che solo il futuro avrebbe deciso davvero cosa sarebbe successo tra loro. Ma la cosa più importante era che Layla non voleva avere rimorsi futuri, non si sarebbe mai chiesta come sarebbe stato, piuttosto avrebbe sorriso sicura di averci provato.
Si strinsero le mani, poi continuarono a mangiare senza toccare più l'argomento.

Euforici sia dall'alcol del buon vino che per la decisione di una folle relazione, Alex e Layla decisero che sarebbero tornati a casa a piedi sotto la pioggia battente. Attorno a loro sfrecciavano macchine che pericolosamente passavano accanto delle pozzanghere, persone armate di ombrello correvano al riparo mentre loro ridevano di quel inebriante momento. Interpretarono la pioggia come una benedizione divina per questo non si lamentarono di esser fradici dalla testa ai piedi, presero la via dell'amato ponte *Alessandro III* e allora Alex la tirò a sé, baciandola sotto lo sguardo sia stupito che divertito di tutti. Al diavolo la pioggia, al diavolo l'influenza che sarebbe sicuramente seguita il giorno dopo, sentiva dentro di sé un tale ardore che niente lo avrebbe freddato, nemmeno il terribile peso che portava al collo.

Layla fu la prima a buttarsi sotto la doccia calda bollente, poi toccò ad Alex. Entrambi sul letto e a luci spente, ascoltavano il suono della pioggia il rombo dei tuoni lontani ma questa volta senza paura. La luce esterna dei lampioni illuminava a malapena la stanza ma tanto bastava perché si guardassero. Abbracciati in un perfetto silenzio, Layla teneva gli occhi chiusi ma era sveglia, così come era sveglio Alex, godeva di quel bellissimo momento e cercava di farne tesoro per le sere di solitudine che sicuramente l'avrebbero attaccata una volta tornata in

America. Al pensiero si strinse ancor più forte a quel corpo caldo e sicuro.
Alex la guardò e sorrise, delicatamente poggiò le labbra su quelle di lei assaporandone il profumo di shampoo e balsamo, le mani si mossero da sole disegnando tutto il corpo, quel piccolo corpo tremante forse per il freddo o per l'emozione. Le dita della ragazza iniziarono a cercarlo mosse come in simbiosi con le sue, in un attimo tutti si fuse in un unico corpo.
Fuori il temporale si fece più violento ma Layla non si spaventò, aveva ben altro a cui pensare.

Capitolo 15

Si svegliò ma non seppe dire a che ora, fuori stava ancora piovendo tuttavia con meno insistenza rispetto la notte prima. Ah, la notte prima!
Al sol ricordo di cosa aveva combinato le veniva da ridere: lei, la ragazza sempre timida e indecisa che si metteva a letto con un ragazzo quasi sconosciuto e...Oh ma come poteva non innamorarsi di Alex, della sua inarrivabile altezza, gli occhi di ghiaccio, gli zigomi accentuati e le spalle così belle e larghe.
Ma perché diavolo lo stava immaginando quando poteva benissimo vederlo al suo fianco in carne ed ossa?
Allungò un braccio alla sua ricerca, ma quando la mano toccò le morbide lenzuola le trovò vuote.

Alex era in bagno, ringraziò il cielo in ogni modo per esser riuscito a non svegliare Layla. Era bella, bellissima addormentata serena sotto le coperte, il sorrisino furbo che anche in sonno sembrava voler ammaliarlo come solo una vera strega tentatrice poteva fare.
E che incantesimo gli aveva lanciato, quella notte, con i suoi profumi, il tocco delicato delle mani e il corpo che rispondeva alla perfezione alle movenze del suo.
Una notte bellissima che, per un istante, era riuscita a cancellare i sensi di colpa, sfinito si era addormentato al suo fianco ma non appena riaprì gli occhi il peso allo stomaco si era fatto sentire. Di nuovo.
Era sgusciato via dal letto sentendosi come un ladro (in casa sua, poi, che cosa ridicola!) e non appena raggiunse il bagno buttò subito dell'acqua gelida in viso, una rapida

occhiata allo specchio per rendersi conto di essere completamente nudo non solo nel fisico.

Tutta la spensieratezza e la gioia di poco prima scivolarono come le gocce d'acqua dal corpo.

Si sentì sbiancare in volto portando con uno scatto la mano al collo.

"Dov'è?" sbottò, ma rimanendo lucido e facendolo a bassa voce per evitare di svegliare Layla, quello sarebbe stato il momento peggiore.

Come un pazzo analizzò ogni centimetro del bagno, il cuore iniziò a martellare in petto come a voler uscire fuori con delle vere e proprie cannonate, il respiro corto, le mani tremanti e congelate mentre si muovevano da uno scaffale all'altro.

Generalmente non era uno che cadeva nel panico, ma in quel momento tutta la sicurezza per cui era famoso scemò trasformandolo in una nuova persona.

E quella nuova persona non gli piacque affatto.

Si ricordò di respirare solo quando trovò l'oggetto delle sue torture, fu così felice e sollevato che quasi gli venne da piangere: lo aveva nascosto dentro al cassetto al di là dello specchio, in un punto in alto in cui Layla non poteva arrivare, dentro una scatola vuota di medicinali.

Strinse l'oggetto al cuore, si sedette e chiuse gli occhi godendo del respiro che tornava regolare e del cuore che ritrovava i suoi battiti calmi, pacati, sicuri.

Era tornato l'Alex della notte prima, lo stesso che aveva lasciato nel letto assieme a Layla.

Oh, Layla.

Era giusto trattarla come una bambina cui andava nascosta la verità pur di non farla soffrire? O forse avrebbe dovuto confessarle tutto e trattarla da persona adulta?

Scosse la testa convinto, dopo tutto mancavano ancora circa un paio di settimane alla sua partenza, con un po' di impegno ed evitando di commettere banali errori, poteva ancora resistere alla tentazione.

Ne era sicuro. O almeno così sperava.

"Cavoli, credevo te ne fossi andato."
Quando lo vide tornare in camera da letto tirò un sospiro di sollievo, Alex le sedette accanto schioccandole un bacio sulla fronte. Una punta di dolore si era insinuata dentro al timore che quella di Alex fosse tutta una messa in scena e che si rivelasse uno di quelli che, una volta ottenuto del sesso spensierato, abbandonavano la ragazza al proprio destino senza farsi più vedere. Si sentì una sciocca quando il ragazzo in questione si ritrovò nuovamente davanti a lei. "Tutto bene?" Era un po' pallido in volto, l'espressione assente. Chissà, forse er a causa del poco sonno.
Alex annuì cercando di essere il più convincente possibile forse più con sé stesso che con lei, imponendosi di comportarsi come se nulla fosse. "Ho chiesto a papà di potermi coprire per tutta la settimana, così potrò stare più tempo con te."
Layla si sentì avvampare. "Oh cielo Alex, non avresti dovuto!" lusingata ma allo stesso tempo dispiaciuta.
"Ma ormai l'ho fatto."
"No, mi dispiace per tua mamma, tuo padre dovrebbe stare accanto a lei e non occuparsi dell'ostello. Non devi rinunciare al lavoro per causa mia."
"Layla, l'ostello è lì da anni e io ci lavoro tutti i giorni, tu andrai via tra quanto? Due settimane?"
Ecco la schiettezza e la freddezza che usciva fuori. Quell'ultima frase arrivò a Layla come una freccia dritta al cuore, era passata da un momento di gioia a una malinconia profonda. Non aveva alcun senso ricordarle che presto se ne sarebbe andata per rivederlo chissà quando, distruggere una perfetta atmosfera calda per rimpiazzarla con una nera tristezza.

Allo stesso tempo, però, si rendeva conto che presto o tardi avrebbe dovuto fare i conti con la realtà, con la distanza, con il dolore di non poterlo vedere tutti i giorni.
Layla si era rabbuiata così Alex la cinse con un braccio.
"Dai, in questi giorni ti porterò a *Versailles* e poi al *Louvre*."
Non che la facesse sentire davvero meglio, ma apprezzò il gesto. "Promesso?"
Alzò il mignolo. "Promesso."
Per sigillare il patto, Layla preferì baciarlo sulle labbra.

Uscirono di casa solo quando la pioggia smise di scendere e un lembo di sole aveva trovato il coraggio di mostrarsi.
"Andiamo a bere qualcosa con Rosalie e Simon, ti va?"
Certo che le andava, un po' di tempo con quei due avrebbe sicuramente giovato all'umore, erano divertenti soprattutto in coppia.
Alex telefonò al migliore amico e si dettero appuntamento in un luogo molto particolare che ancora non aveva fatto visitare a Layla: *Piazza dei Vosgi*.
Si guardò attorno affascinata dalla perfezione geometrica del luogo, peccato che avesse piovuto e la ghiaia che ricopriva il parco centrale era un po' impantanata, il verde degli alberi un po' spento, tuttavia la debole luce del sole illuminava le gocce di rugiada facendole brillare come piccoli diamanti e rendendo il tutto un po' più magico. Più che piazza era un vero e proprio giardino cui attorno erano stati costruiti dei palazzi perfettamente identici, sotto dei dei piccoli portici trovavano casa di negozietti stravaganti e locali caratteristici.
Come per ogni monumento, Alex si immedesimò nella parte della guida turistica: "Inaugurata nel 1612 in occasione dello spettacolo equestre indetto per le nozze di Luigi XIII con Anna d'Austria, fu un palazzo reale fino la rivoluzione francese."

La ragazza non poté fare a meno di strabuzzare gli occhi per lo stupore: "Questo era un palazzo reale?"
Alex annuì come conferma. "Ma i reali vi alloggiavano occasionalmente."
"Beh, questo è ovvio."
"Perché lo trovi ovvio?"
"Mettiti nei panni dei reali dell'epoca: se tu fossi stato un nobile non saresti mai andato a confonderti con la plebe."
"Con la plebe." Le fece eco scuotendo la testa. "Parli come loro, adesso?"
Iniziarono a passeggiare in attesa dell'arrivo dei loro amici, con distratta attenzione Layla osservava i vari negozi specialmente di arte e sculture che attraversavano ad ogni passo, qualche portone senza nome o numero civico, i locali già pieni tra chi mangiava e chi semplicemente beveva.
"A volte mi chiedo come sarebbe stato vivere in quell'epoca." Disse all'improvviso tornando a guardare la piazza. "Non sono sicurissima che mi sarebbe piaciuto."
"Dipende tutto dalla famiglia in cui saresti nata."
"Anche questo è vero."
"Fossi nata tra la plebe saresti finita in fabbrica o peggio, per le strade. Fossi stata nobile probabilmente a tredici anni avresti sposato uno dell'età di tuo nonno ovviamente contro la tua volontà."
A quel pensiero Layla rabbrividì.
"E non è detto che ti saresti salvata dalle malattie." Infierì lui. "Anche i nobili, come la plebe, non si lavavano. Si dice che il Re Sole fece solo tre bagni in tutta la sua vita."
"Dai ma che schifo!"
Ad Alex venne da ridere sia per l'espressione della ragazza che per il modo con cui aveva espresso il suo ribrezzo, sembrava una bambina alle prime prese con un insetto.
"Ti sto solo facendo una panoramica di come sarebbe stato vivere in quell'epoca."
"Bleah, sto bene qui. Grazie."

Al centro della piazza trovarono il monumento di un uomo a cavallo, Layla lesse la lastra commemorativa e nonostante fosse scritto in francese dedusse che si trattasse del nobile che aveva fatto costruire l'edificio e il parco adiacente.
"Però se ci pensi le donne nobili di un tempo ricevevano dei regali pazzeschi dai loro mariti." Guardò Alex dritto negli occhi alzandosi sulle punte. "Oh tesoro, hai fatto costruire una piazza per il mio compleanno! Non avresti dovuto!"
Alex alzò un sopracciglio portando le braccia al petto: "Voi donne avete sempre avuto manie di grandezza, in qualsiasi epoca."
Sentendosi ferita nell'orgoglio, Layla sorrise amaramente: "Noi donne? Sai, non credo fossero le donne a chiedere palazzi, piazze o giardini in regalo. E se non sbaglio siete voi uomini ad avere sempre il complesso dell'inferiorità!"
"Gli uomini hanno il complesso dell'inferiorità?"
"Stai scherzando! Ovvio! Fate sempre a gara a chi è meglio dell'altro, per non usare termini di paragone troppo volgari."
"Disse la donna. Siete sempre invidiose di tutto e tutte. Almeno noi uomini poi torniamo amici come prima!"
Si scambiarono un'occhiata dubbiosa per poi mettersi a ridere.
Uniti in un abbraccio si avvicinarono in direzione di un localino all'angolo dove li stavano già aspettando Simon e Rosalie, dopo i primi saluti si accomodarono su un tavolino all'interno e ordinarono un aperitivo composto da quattro coppe di champagne.
"Non è un po' presto per bere champagne?" chiese Layla guardando il cameriere andar via.
"Oh *chérie*." Rosalie nascose un sorriso adornato da un bellissimo rossetto rosso brillante. "E' sempre ora dello champagne, e poi credo che abbiamo qualcosa da festeggiare, no?"

Entrambi in imbarazzo, Alex e Layla si guardarono abbozzando un sorriso. Non dissero nulla, concordi sul fatto di preferire il silenzio alle parole buttate a caso, soprattutto per spiegare certi eventi.

Chiacchierarono distrattamente sui turni di lavoro di Simon, di stipendi, di pensione, all'improvviso di sfilate di moda e shopping, tra la spensieratezza le coppe di champagne da quattro divennero otto e le risate da moderate si fecero chiassose e spensierate.

Layla si sentì a casa, strinse la mano ad Alex e per un attimo l'America divenne solo un ricordo lontano.

Sarebbe rimasta in quel localino e ridere e bere per tutta la vita.

Capitolo 16

Si sentiva emozionata come una bambina.
Alex guidava sicuro attraverso le strade di Parigi fin quando non raggiunsero la periferia, aveva ormai smesso di piovere e quella mattina il sole baciava ogni angolo del Paese con il suo immenso calore. Layla aveva sonno (a seguito di un'ennesima notte quasi in bianco con Alex accanto) tuttavia l'emozione di visitare *Versailles* la teneva ben sveglia. Da quando da ragazzina aveva visto un film con Leonardo (Leo) di Caprio ambientato proprio a Parigi, era curiosa di vedere se quell'immenso palazzo fosse reale o una semplice rivisitazione di Hollywood, voleva camminare nella sala da ballo, analizzare i quadri perfetti alle pareti e i lampadari di cristallo e quanto sperava che almeno quelli fossero veri!
Alex era riuscito a trovare i biglietti in un centro turistico attraverso un amico di Rosalie, avrebbero fatto un tour guidato ma poco gli interessava, l'importante era entrare sia nel palazzo che nei giardini.
Durante il tragitto ascoltarono parecchio la radio e Layla cercò di imparare qualche parola in più di francese, Alex la correggeva su qualche pronuncia ma su altre parole dovette farle i complimenti per la veloce abilità di apprendimento. Azzardò ad insegnarle qualcosa in polacco ma quello fu decisamente più complicato.
Parcheggiarono a cinque minuti dall'ingresso del palazzo, come una bambina piccola Layla fremeva e camminava a passo svelto pur di arrivare il prima possibile, come se il palazzo si fosse smaterializzato da un momento all'altro. Unico rammarico era quello di non avere alcun mezzo per fotografare quella che sarebbe stata sicuramente una maestosa opera d'arte ma in cuor suo sapeva che un

giorno sarebbe tornata e allora avrebbe scattato foto ricordo ad ogni angolo.
"Oh cielo!"
Esclamò una volta raggiunto il cancello dorato che la divideva dalla Reggia. A contatto col sole, il dorato del palazzo diventava incandescente, le finestre riflettevano il mondo esterno duplicando le presenze, lo sfarzo già palpabile solo dall'esterno. Non era un palazzo altissimo come quelli a cui era abituata, ma non ne aveva bisogno. *Versailles* già da lontano era il perfetto esempio di regalità e non solo per l'oro che dominava ovunque, Layla ebbe l'illusione che dentro ci fosse ancora il Re Sole, che lei e tutti gli altri turisti fossero diventati dei sudditi in attesa di udienza.
Entrò nella mentalità dell'epoca e ripensò al pomeriggio del giorno prima in *Piazza dei Vosgi*, in effetti non se la sentì più di dar torto a quei nobili che non amavano frequentare il centro città. Che senso aveva mischiarsi alla povertà quando esisteva un palazzo del genere in cui alloggiare?
Rimase a guardare la facciata principale per qualche minuto, cercando di imprimere nella memoria ogni singolo dettaglio.
Si incamminarono mano nella mano verso la porta principale, la fila di turisti scorreva in maniera fluida e non appena furono dentro si rafforzò l'immaginazione di esser due ospiti a cospetto del Re. L'interno di *Versailles* era stupendo esattamente come l'esterno se non di più, la ricchezza era ovunque e come mai Layla si era sentita veramente povera! Ascoltava le spiegazioni della guida (fortunatamente in inglese) con l'attenzione tipica degli studenti universitari, captando ciò che le interessava davvero e lasciando perdere le informazioni troppo tecniche sulle impalcature e fattezze architettoniche. Prestava particolare attenzione quando la guida parlava delle abitudini dei reali e ancora una volta ripensò al dibattito di quella mattina: vivere come una principessa

non doveva esser poi così male, anche a discapito di sposare un nonno.
Annuendo, prese Alex per un braccio sussurrando: "Ho cambiato idea, penso che sposerei nonno per tutto questo."
"E meno male che le donne non erano superficiali." Rispose trionfale sorridendo e, come risposta, si beccò un pugno sul braccio. "Se mi infortuni Simon ci ammazza."
"Ma smettila, sei un gigante!"
"Principessa, ora fa attenzione, c'è una stanza che sono certo ti piacerà!" trattenendo la ragazza per una mano, lasciò passare i componenti del gruppo facendo sì che loro entrassero per ultimi. "Madame, la *Sala degli Specchi*."
Layla portò entrambe le mani alla bocca.
La stanza talmente grande che non riusciva a vedere il fondo (o forse lo vedeva ma il gioco di specchi le dava l'illusione di non riuscirci) l'oro che splendeva, i lampadari cristallini che scendevano maestosi ed erano veri! Veri! Le finestre che si affacciavano mostrando il giardino che però passava in secondo piano, finestre che si riflettevano sugli specchi e davano l'illusione che la sala fosse ancora più grande. I candelabri su ogni colonna. Nonostante l'oro dominasse non risultava pesante all'occhio, sul soffitto gli affreschi osservavano gli ospiti con occhio vigile ma senza creare disagio.
"Non ho parole."
La voce della guida scivolò via all'immaginazione di un'ipotetica festa di Re Luigi XIV, dei nobili che si muovevano nei loro abiti colorati e suntuosi, delle risate, la musica dal vivo, il Re che faceva il suo ingresso e tutti che si inchinavano mostrandogli rispetto.
"Voglio rinascere nobile nell'epoca del Re Sole."
Alex finse un colpo di tosse. "Ghigliottina."
Seccata, Layla portò le mani ai fianchi: "Vuoi smetterla di distruggere tutte le mie fantasie?"

Lui rise e per un istante la bellezza della *Sala degli Specchi* venne meno. "Scusi, principessa. Posso accompagnarla alla vostra *Sala del Trono?*"
Layla stette al gioco. "Devi. Schiavo."
Lui alzò la mano, lei vi posò sopra la sua sfiorandola esattamente come avrebbe fatto se avesse vissuto nell'epoca.
Fecero per allontanarsi quando in un colpo d'occhio Alex si accorse che erano soli. Il paradosso del vuoto in una stanza maestosa come la *Sala degli Specchi*, forse il gruppo che li precedeva aveva avuto un contrattempo o forse erano stati loro ad andare troppo in fretta.
Poco gli interessava, sapeva solo che doveva cogliere il momento: adesso o mai più.
Prese la mano di Layla in uno scatto portandosela di fronte senza fare troppi complimenti, abbozzò un sorriso mentre si inchinava. "Mi concedete l'onore di questo ballo, Madame?"
"Cosa? Ma io..."
Troppo tardi.
Alex le prese il fianco con una mano mentre l'altra reggeva la sua destra, in un attimo si ritrovarono ad oscillare insieme accompagnati dai loro riflessi, da lenta e sinuosa la danza si trasformò in più rapida e movimentata. Layla non aveva idea di cosa stesse facendo, lasciò che Alex la accompagnasse e movesse a suo piacimento, adattandosi alle sue movenze.
E lo faceva senza smettere di sorridere.
Si sentiva così stupida ma allo stesso tempo così viva. In America andava a ballare in discoteca ogni tanto, durante le feste studentesche si muoveva in pista assieme la migliore amica, ma mai le era capitato di ballare in uno scenario da favola assieme ad un ragazzo. Fu un'emozione nuova, e non ebbe bisogno di macchine fotografiche per imprimerlo per sempre nella mente. Un ballo nella *Sala degli Specchi* a *Versailles*. Chi lo avrebbe mai dimenticato?

Danzavano senza musica, la melodia data dai battiti del cuore e infine un dolce bacio al centro della stanza.
A seguire ci fu un applauso e solo allora si accorsero della presenza di un nuovo gruppo di turisti.
Layla totalmente in imbarazzo, Alex si inchinò ringraziando tutti con un saluto e qualche parola in francese, si allontanarono mano nella mano senza smettere di ridere.
Avevano perso il loro gruppo ma non fu difficile trovare la via all'interno della Reggia grazie ai vari cartelli esposti, raggiunsero la *Sala del Trono* e fu un peccato non potersi sedere su quella splendida sedia in oro e velluto rosso, colori dominanti di tutta la stanza.
"Tu sei matto." Il ritratto del Re Sole li osservava con un enigmatico sorriso. "Pensa se il padrone di casa fosse ancora vivo! Cosa avrebbe detto?"
"Chi può saperlo! Secondo me si sarebbe buttato in mezzo e avrebbe reclamato la tua proprietà."
"La mia proprietà? Mica sono un terreno!"
"Andiamo ai giardini?"
Senza aggiungere altro trovarono l'uscita e si inoltrarono in mezzo la natura.

La maestosità dei giardini aveva ben poco da invidiare a quello del Palazzo, anzi.
Layla non amava particolarmente il verde e i parchi, tuttavia Alex era felice di esser lì dunque vagò tra i sentierini battuti e le fontane cercando di mostrare particolare interesse.
Sarebbero stati perfetti con le piante in fiore ma anche i vari contrasti di verde erano piacevoli all'occhio.
"Chissà quanti figli sono stati concepiti tra queste piante!"
Una battuta che da Alex proprio non se l'aspettava, Layla lo guardò stupita senza però riuscire a trattenere una risatina maliziosa. "Mi hai invitata ad un ballo e già parli di figli? Santo cielo, come siete frettolosi voi europei!"

"Perché, non vorresti dei figli?"
"Non adesso, prima devo realizzarmi nella carriera."
"Non è poi così sbagliato, a volte mettere l'amore davanti a tutti porta solo guai."
Il bel viso di Alex si rabbuiò, fu un secondo, ma Layla percepì qualcosa di tremendo in quegli occhi bassi e spenti, come se qualcuno avesse disattivato il suo interruttore. Nonostante la curiosità la divorasse, decise che non avrebbe fatto domande, non aveva senso intristirlo maggiormente in una giornata che era partita così bene. Gli afferrò la mano con sicurezza e quando sentì la stretta ricambiata il cuore si sollevò un po'.
"Beh in effetti il Re Sole ti darebbe ragione, vista la fine che ha fatto."
Alex ritrovò il sorriso e Layla con lui.
Ripresero a passeggiare tra gli immensi giardini fin quando non sentirono i morsi della fame, era primo pomeriggio e ancora si ritrovavano immersi nella natura e nelle magnifiche statue mai erose dal tempo.
Uscirono da *Versailles* (Layla con l'occasione spese un po' di soldi per acquistare dei souvenir e un libro esplicativo, se non poteva aver ricordi in fotografie si sarebbe accontentata) e in meno di un'ora eccoli di nuovo a Parigi.
Durante il tragitto incontrarono un sottopasso, prima di accedervi Alex fece il segno della croce, nemmeno si girò a guardare il lato del passeggero. "Qui sotto morì Lady Diana, non ci passo quasi mai, ma ogni volta mi sembra giusto renderle omaggio."
Il tunnel del *Pont de l'Alma*, Layla era ancora una bambina ma ricordava benissimo suo padre e sua madre seduti sul divano davanti al televisore, nessuno dei due versava lacrime ma la donna sembrava decisamente triste a giudicare dal viso contorto. In televisione mostravano un funerale, disinteressata Layla era corsa a giocare in giardino, ignara che stava vivendo una pagina di storia.
Sospirò e nonostante non fosse una credente a tutti gli effetti, fece anche lei il segno della croce.

"Layla."
Alex la riportò alla realtà.
"Stasera ti porterò a mangiare in un posto particolare."
"Di nuovo sulla *Tour Eiffel*?" Ci sperava, le era piaciuto davvero quel localino particolare, specialmente per il ricordo del loro primo bacio annesso.
"No." La squadrò approfittando della macchina ferma causa semaforo rosso. "Ma tranquilla, non ti deluderò. Sarà comunque turismo per vecchi."
Gli dette uno schiaffetto sul braccio, la macchina ripartì ma lei lasciò la mano su di lui.

Non piovve, ciò concesse uno splendido panorama.
Dopo aver pranzato fugacemente con un panino e aver passato il pomeriggio restante girovagando tra i negozi, Alex l'aveva condotta sulle rive della Senna.
"Ceneremo qui."
Confusa, Layla non capì fin quando non vide ciò che le si parò dinnanzi.
La cena consisteva in quattro portate a lume di candela cucinate in maniera raffinata ed elegante, accompagnata dagli champagne migliori della Francia, a bordo di un battello privato.
Il fiume Senna scivolava sotto di loro con delicatezza, gli occhi di entrambi vagavano ora sui piatti, ora sui monumenti, era tutto talmente così bello che non poteva essere vero.
Layla si pizzicò una mano e sentì dolore, per fortuna Alex non se ne accorse altrimenti sarebbe risultata piuttosto ridicola.
Eppure c'era qualcosa che non andava.
Era tutto troppo bello, troppo perfetto, tutto creato (ne era sicura) per mascherare quella strana tristezza che ogni tanto attraversava gli occhi del ragazzo di cui si era innamorata. Forse era dovuto al fatto della sua prossima

partenza, e allora perché accettare una relazione se sapeva che non gli sarebbe andata bene?
Uomini...Perché diavolo dovevano essere così complicati? Perché accettare controvoglia una cosa solo per farla contenta? (una cosa così importante, poi) Era decisamente meglio dire la verità, piuttosto che scoprirla da sola ed evitare tutto il disagio che ne era nato.
Layla si rabbuiò e la giornata perfetta prese una piega negativa.
E, ahimè, era soltanto l'inizio.

Capitolo 17

Aveva provato a fingere, stretto i denti convinto di poter resistere fino al giorno della sua partenza ma quel sorriso così felice, così spensierato, lo aveva letteralmente fregato e ferito.
E i suoi gesti stavano andando troppo oltre, ma il corpo si era mosso da solo, senza che il cervello potesse far nulla per fermarlo. Ripensare al ballo alla S*ala degli Specchi* era imbarazzante, rivedere il sorriso di Layla era un colpo al cuore.
Fingere non era mai stata una sua particolare dote, anzi, sin da bambino si sentiva in colpa quando inventava scuse per non andare a scuola o quando non aveva voglia di uscire con gli amici.
La verità? Era troppo buono e spesso la bontà si pagava a caro prezzo. Lo sapeva benissimo ma non ce la faceva più a resistere.
Si dette dello stupido, maledì il cuore per esser caduto nuovamente nella trappola dell'amore. Era convinto che dopo tutto quello che gli era successo nella sua breve vita, nessun' altra donna avrebbe fatto breccia nei suoi sentimenti, che non avrebbe mai più sofferto a causa di un altro essere umano. E invece eccola lì davanti, Layla Silfrey d'America (America, poi...tu guarda dove era finito a pescare i suoi problemi), una ragazza insicura ma allo stesso tempo solare, fragile ma forte nei momenti giusti. Un uragano che lo aveva sconvolto. Non aveva mai creduto al colpo di fulmine eppure era successo, proprio a lui, maestro dello scetticismo. Chissà cosa avrebbe detto Rosalie se avesse potuto sentire quell'imbarazzante conflitto interiore.

Si era convinto che avrebbe resistito nella menzogna fin quando Layla non sarebbe ripartita, ma come avrebbe potuto continuare una relazione basandosi sulla bugia? Non era rispettoso nei suoi confronti, le avrebbe fatto vivere il suo stesso incubo di anni prima. Avrebbe rischiato di perderla se le avesse detto la verità ma allo stesso tempo sentiva che non avrebbe potuto continuare a mentire per sempre.
Se valeva la pena rischiare, allora si sarebbe giocato anche quel poco che era rimasto del suo cuore.
Quella mattina si era svegliato con lo stesso disagio. Il cerchio si stava chiudendo perfettamente.
La chiamò in un sussurro e lei si girò, aveva uno strano sguardo preoccupato. Chissà come facevano le donne a sapere tutto anche senza sapere niente, il potentissimo sesto senso femminile.
Fu allora che trovò coraggio col cuore bloccato, portò le mani dietro al collo sentendo le dita congelate e sfilò la collana.
Al centro del tavolo, tra i due calici di vino rosso, si mostrò un anello dorato con all'interno due nomi incisi e una data.

Layla si sentì morire.
Nella sua giovane vita aveva avuto delle relazioni, era stata scaricata e aveva lasciato, sofferto e poi riguarita. Ma mai, mai si sarebbe aspettata una fede nuziale poggiata all'improvviso sopra al tavolo di un elegante ristorante in un battello sulla Senna.
Non riuscì a dire niente, era ovvio che non fosse per lei, le incisioni all'interno erano ancora ben visibili e mostravano il nome completo di Alex con quello di un'altra persona.
Una data mostrava che la fede era stata prodotta due anni prima.
Il dolore si mischiò alla rabbia.
Vigliacco.

Perché non dirglielo da un'altra parte, in un'altra occasione? No! Meglio su un luogo in cui non era possibile scappare se non buttandosi nel fiume, durante una cena romantica, dopo che avevano ballato insieme nella sala degli *Specchi a Versailles*.
Strinse i denti sentendo dolore alla mascella. Come si era permesso di ballare con lei in quell'atmosfera da favola? L'aveva presa in giro dall'inizio alla fine, il bastardo! E non ci si prendeva gioco di una donna dopo averle regalato un bellissimo pomeriggio!
Si sentì gelare completamente e all'improvviso dimenticò ogni singola parola conosciuta del vocabolario (fatta eccezione per gli insulti).
Restò in silenzio e quando Alex iniziò a parlare suonò come un eco lontano, la forza di trattenere le lacrime che l'abbandonava sempre più lentamente.
"E' la mia fede nuziale."
Lo specificava pure sottolineando quanto fosse stupida. Credeva non ci fosse arrivata da sola?
Ed ecco che la rabbia tornava alla carica sormontando la delusione in una terribile altalena tra odio e dolore da cui, ne era sicura, sarebbe scesa in malo modo.
"Sono sposato."
Di nuovo quell'aria saccente di chi ti deve spiegare tutto per forza.
No, no, no.
Era un incubo.
Doveva essere un incubo!
Chiuse gli occhi nella speranza di riaprirli e ritrovarsi nel suo letto, a casa in America, il cellulare che squillava e Stacy dall'altra parte che voleva raccontarle di una sua avventura serale.
Ma aprendo gli occhi Layla fece i conti con la cruda realtà: il ragazzo che l'aveva aiutata, con cui aveva fatto l'amore più volte (santo cielo, che stupida!), l'uomo di cui si stava innamorando era...

Quante cose avrebbe voluto dirgli, nella testa immaginò una scena plateale da film in cui gli lanciava il vino addosso e se ne andava a testa alta e un taxi fuori che l'aspettava.
Ma no, non funzionava così, non si trovava in un film, tantomeno in un libro.
Non ci sarebbe stato un taxi ad attenderla, nessun volo con cui scappare a casa.
Niente di niente.
Con la coda dell'occhio lo vide, un bellissimo ragazzo, quegli occhi magnetici che altri non erano che una trappola in cui lei era cascata in pieno.
Alex fece per parlare, ma lei lo anticipò.
"Go fuck yourself."
Si alzò dal tavolo e si allontanò.
Alex non ebbe bisogno di traduzioni.

Tornarono a casa in silenzio, Layla si chiuse dentro la camera di Alex promettendo a sé stessa che non sarebbe più uscita fin quanto quel santissimo boeing non l'avrebbe ricondotta a casa.
Tutta la sicurezza e la spavalderia acquisita sfumarono e la vecchia Layla tornò a prender possesso del corpo, la voglia di chiamare Stacy e l'impossibilità nel farlo non fecero altro che aumentare il suo dolore.
Tutta la bellezza di Parigi tornò allo stato iniziale.
Ora più che mai odiava quella città maledetta.
Odiava Alex che non aveva mai bussato alla porta della camera preferendo andarsene chissà dove lasciandola sola a piangere.
Bel modo di comportarsi: ti ammalio, vengo a letto con te, ti dico che son sposato e poi ti lascio da sola a pensarci su.
Non che lei gli avesse dato modo di spiegarsi ma da canto suo era un comportamento comprensibile, lasciarsi

trasportare dalla rabbia e restare in silenzio per tutto il resto della sera.
Al diavolo, non aveva nemmeno cenato!
Uscì dalla camera ma nemmeno l'acqua gelida del bagno la aiutò a riprendersi, iniziò a piangere ma silenziosa, senza fare troppe scene, non avevano senso alla fine. Alex l'aveva sfruttata per svagarsi un po' e lei come una brava scema ci era cascata in pieno. Di chi era la colpa? Sua.
Perché accettare di dormire in casa del cacciatore? Perché non andare in un albergo?
"Perché non avevo soldi!" si rispose ad alta voce soffocando un urlo di dolore. Dio, non si era mai sentita così stupida in tutta la sua vita.
"Ma adesso un po' di soldi ne hai." Rispose la coscienza, fedele amica e sostenitrice che per una volta aveva deciso di aiutarla e non di giudicarla.
Con le lacrime che scendevano più lentamente, raccolse le sue cose buttandole a caso nello zaino, scese in cucina dove aprì un elenco telefonico cercando il numero di un hotel che magari avesse almeno una bella vista, senza chiedere permesso e senza fare troppi complimenti usò il telefono di casa di Alex per chiamare anche un taxi.
Se poi quella era davvero casa di Alex e non un appartamento in cui portava le chissà quante amanti. Povera moglie. All'improvviso Layla si sentì uno schifo, colpevole nei confronti di quella povera donna convinta che il marito fosse a lavoro e invece era a letto con lei.
"Che persona sono?"
Si chiese, poi parlò con il tassista ricacciando indietro le lacrime.
Urgeva farsi un bagno, il più lungo della sua vita per avare via il profumo di Alex e il senso di colpa nei confronti di quella povera donna.
Ripensò al bacio al ristorante sulla *Tour Eiffel*, su quell'ammasso di ferraglia maledetto, alla dichiarazione imbarazzante e a come fosse risultata infantile e ridicola.
Quanto aveva riso di lei quando non poteva vederlo?

Iniziò a dubitare persino delle sue giornate passate all'ostello, della madre in ospedale e tutto il resto.
Altro che lavoro e preoccupazione per la famiglia, era sicuramente tra le braccia di un'altra ragazza a raccontarle delle assurde scuse.
"Vaffanculo lui e tutta Parigi, me ne vado da questo posto."
In meno di venti minuti si ritrovò in macchina, abbandonò la casa che l'aveva ospitata per giorni.
Aveva avuto la premura di cancellare le ultime chiamate nel cordless, chiuso l'elenco telefonico e non lasciò nemmeno un bigliettino.
Voleva solo una cosa: sparire.

Durante il tragitto pensò a Rosalie e Simon, si chiese se conoscessero il segreto di Alex, la ragazza sosteneva che fosse un tipo a posto, bravo. Evidentemente anche i suoi migliori amici erano all'oscuro di tutto, o forse erano semplicemente dalla sua parte come i peggiori complici della storia.
Sospirò abbattuta, era stata ingannata proprio su tutti i fronti ed era umiliante per la figlia di un soldato. Chissà cosa avrebbe detto o peggio fatto suo padre una volta scoperto l'inganno a cui era stata sottoposta la figlia.
Arrivò in albergo, era affacciato sulla Senna con vista lontana sulla *Torre Eiffel*, una punizione che sentiva di meritare: vedere quel posto le avrebbe ricordato quanto fosse stata stupida.
Era talmente triste che nemmeno si soffermò sui particolari dell'interno dell'albergo, anzi, non li vide nemmeno. Il personale fortunatamente era molto cordiale, aveva accettato la copia del passaporto senza fare troppe storie e si era rammaricato al sentire il racconto del ladro. (Maledetto, se solo lo avesse avuto sotto le mani avrebbe tirato fuori il lato militare che c'era in lei. Altro che

benedirlo, altro che felice, lo avrebbe ammazzato a mani nude!)
Un ragazzo della reception la condusse alla propria stanza, era carina, essenziale ma soprattutto non aveva niente che le ricordasse il profumo o le abitudini di Alex.
E questo era tutto ciò di cui aveva bisogno.
Una volta sistematasi e una volta fatto un bel bagno caldo come promesso, decise di utilizzare un computer fornito dall'albergo per contattare Stacy, in Francia era notte ma in America era sera dunque non l'avrebbe svegliata.
Stacy rispose alla videochiamata quasi subito, inizialmente sorridente ma poi rabbuiata nel vedere la migliore amica in un pessimo stato.
"Aspetta, che è successo?"
Le raccontò tutto e Stacy ascoltava in religioso silenzio mentre esprimeva tutto il suo disappunto sottolineandolo con smorfie e versi. "Ok, è indubbiamente un bastardo." Concluse sospirando. "Però scusa se te lo dico, anche tu avresti potuto ascoltarlo."
Layla strabuzzò gli occhi: "Mi stai dando delle colpe?"
"Te lo ripeto: è stato un bastardo, questo è fuori discussione, eppure avresti potuto ascoltare cosa aveva da dirti." La guardò sottecchi e per un attimo entrambe ebbero l'illusione che non ci fosse alcuno schermo a dividerle, nessuna distanza a separale. L'impressione fu di trovarsi nella stessa stanza nello stesso istante. "Sei scappata, Layla."
Sentitasi accusata a soprattutto ferita nell'orgoglio, si indicò alzando la voce, fregandosene di tenere un contegno all'interno dell'albergo. Che tutti sentissero la verità: "Io non sono scappata!"
Per niente toccata da quello scatto d'ira, Stacy fece spallucce abbozzando un sorriso amaro: "E invece si, sei scappata, e nonostante lui sia stato uno stronzo, c'è da dire che è stato uno stronzo onesto."
Pazzesco.

La sua migliore amica, sua sorella, le stava davvero dando contro in una situazione in cui lei era palesemente la vittima? Tentata nel chiudere la videochiamata in tronco, Layla riuscì a fermarsi solo perché Stacy aveva ripreso a parlare senza darle tempo di muoversi.
"Quando ti deciderai ad affrontare i problemi, Lally? Non intendo che non devi parlarne con me, ci mancherebbe, ma renditi conto che sei una donna adesso. Tira fuori le palle e affrontalo."
Semplice e diretta, esattamente come era sempre stata.
Esattamente quello di cui aveva bisogno.
"Hai fatto benissimo a mandarlo a quel paese, lo avrei fatto anche io tirandogli anche un pugno sul naso, comunque ascolta me: parlaci. Così al massimo avrai elementi in più per insultarlo."
Layla scosse la testa. "Devo prendermi del tempo per sbollire."
"Ce l'hai il tempo?"
Lanciò un rapido sguardo al calendario digitale sul pc. "Sì." Sussurrò pesantemente. "Credo di potercela fare."
"Mi raccomando, sii forte. Non vorrai davvero farti buttare giù da un uomo?"
Come quando erano bambine erano riuscite a trasformare la rabbia in calma. Layla, più abbattuta che mai, chiuse gli occhi. "Vorrei essere forte come te."
Lo aveva confessato anche ad Alex e lui le aveva detto di andare bene così. Ennesima bugia.
"Tu sei forte, ma ancora non lo sai."
"Sembra di parlare con mia madre. Ora più che mai non vedo l'ora di tornare."
"Prima di tornare parlaci, non puoi lasciare le cose a metà, non tanto per lui quanto per te stessa."
Come sempre aveva ragione. "Ok, quando me la sentirò, lo affronterò."

Capitolo 18

"Hai sbagliato metodo, Alex!"
Nonostante fossero le sei del mattino e li avesse buttati giù dal letto con una buona dose di panico, Rosalie e Simon si erano precipitati nell'appartamento.
Dopo l'imbarazzante e rovinosa cena in battello, lasciando andare a farsi benedire tutti i buoni propositi, aveva abbandonato Layla in casa da sola decidendo di lasciarsi andare e stare fuori per tutta la notte. Ricordava di aver bevuto ma non ricordava dove, aveva incontrato amici e li aveva seguiti in una discoteca, la luce intermittente e la musica alta altro non avevano fatto se non aumentare il mal di testa. Drink su drink, qualche sigaretta, lo stomaco contorto ma il coraggio di tornare a casa alle prime luci dell'alba.
E non appena aveva poggiato la mano sulla porta si era sentito un perfetto idiota: che gli era saltato in mente su quel maledetto battello? Meglio mentire per sempre ma essere felici piuttosto che essere onesti e perdere tutto! Che decisione stupida aveva preso, e ora che Rosalie glielo ricordava si sentiva ancora peggio.
L'alcol di tutta la notte si fece sentire e risentire, peggiorò quando, tornando a casa, non aveva trovato Layla nemmeno dopo aver setacciato ogni angolo e aperto tutte le porte chiuse a chiave con una di riserva. Era sparita da sola a Parigi senza nessuno che si prendesse cura di lei. Impotente sapeva che chiamare i due migliori amici sarebbe stata la soluzione più opportuna.
Alex era accasciato sul divano con una tazza piena di acqua gassata e limone, la voglia di vomitare sempre più allettante, così come era irresistibile la voglia di buttare via quello schifo di fede nuziale.

Al suo fianco Rosalie cercava di consolarlo mentre Simon setacciava la casa alla ricerca di qualche indizio, ma Layla era stata molto brava nel suo tentativo di fuga.
"Alex?" la voce di Simon fece voltare di scatto gli altri due presenti, la speranza di aver trovare qualcosa, qualunque cosa riportasse indietro la ragazza americana. "Domanda strana ma, hai l'abitudine di cancellare le chiamate sul cordless?"
Alex aggrottò le sopracciglia, un po' innervosito da quella domanda apparentemente senza senso. "No."
Simon alzò l'apparecchio sbucando dalla cucina. "Allora lo ha fatto Layla, avrà sicuramente chiamato un taxi e un albergo in cui alloggiare."
Alex imprecò in polacco, la testa tra le mani e la nausea che si faceva nuovamente sentire.
Buttò la testa all'indietro cercando di non scoppiare in lacrime davanti i due amici, ma la voce rotta tradì quel vano tentativo di mostrarsi sicuro e padrone della situazione. "Non la troveremo mai, ci saranno decine e decine di alberghi a Parigi."
Rosalie, che solitamente era una ragazza molto positiva, gli prese la mano lanciano uno sguardo al fidanzato. "Se ci dividiamo, forse..."
Ma Alex la interruppe con un sorriso carico di ironia. "Apprezzo lo sforzo ma non ce la faremo mai." Scosse la testa facendo spallucce. "L'ultima cosa che mi ha detto è stata di andarmene a quel paese." Lora crollò buttando la testa tra le mani, i gomiti poggiati alle ginocchia, i denti stretti e la mascella che faceva male. "L'ho persa."
Il peso dell'anello che pendeva dal collo non fece altro che ricordarglielo.

Pensava che fosse assurdo incontrarlo con tutto quel caos, ma allo stesso tempo sapeva benissimo che la sua fortuna era decisamente bassa se non assente.

Fu così che Layla decise di rinchiudersi per tre giorni in hotel mangiando al ristorante vicino la hall e dedicandosi alla visione di film, leggere qualche libro inglese che la ragazza della reception le aveva gentilmente indicato e passando ore e ore dentro la vasca da bagno bollente.
La prima notte non era riuscita a dormire, e come avrebbe potuto?
Per quanto odiasse ammetterlo, l'assenza di Alex le pesava un po'. Si, si era comportato davvero in maniera meschina ma, esattamente come aveva detto Stacy, anche lei era stata troppo precipitosa nell'andarsene.
"Ci parlerò quando me la sentirò." Disse alla propria immagine nello specchio per poi abbassarsi dolcemente dentro la vasca.
Il silenzio regnava sovrano, l'hotel aveva delle mura davvero molto spesse, non le sarebbe dispiaciuto ascoltare un po' di musica classica mentre il corpo si lasciava cullare dal tepore e dai profumi.
In cuor suo sentiva che aveva fatto bene a non lasciare indizi ad Alex, il giorno in cui avrebbe deciso di parlare nuovamente con lui sarebbe andata a casa sua anche a costo di aspettarlo davanti al portone per tutto il giorno. Non le andava di uscire e giocare alla turista, avrebbe visitato luoghi che le avrebbero riportato alla mente solo i ricordi con lui.
"Sono stata davvero una stupida."
Invaghirsi così di un ragazzo senza prima fare domande, informarsi sul proprio passato.
"E si era pure assicurato che non fossi fidanzata." Scosse la testa abbozzando un amaro sorriso. "Patetico."
O forse era più patetica lei ad essersi innamorata davvero di quel ragazzo, dello straniero di Parigi che le aveva dato una mano enorme per risollevare il morale.
Parigi...
Uscì dalla vasca indossando un accappatoio precedentemente adagiato sul termosifone caldo, il tepore che l'avvolse aiutò ancora di più la mente e il

corpo a rilassarsi. Si sedette sul letto, il telecomando a portata di mano ma non accese la televisione, per ora preferiva starsene da sola coi propri pensieri.
Suo malgrado, nonostante tutto ciò che era accaduto, Parigi non era poi così brutta come città, anzi. Moderno e antico si sposavano alla perfezione, il cibo era buonissimo (specialmente i dolci) e le persone sembravano avvolte da una misteriosa calma interiore che, in quel momento, invidiava parecchio.
Prese un lungo respiro, osservò da lontano l'orologio digitale poggiato sopra al comodino accanto al letto: le undici di sera passate. Non sarebbe uscita ad un'ora così tarda, ma promise a se stessa che, a dispetto di tutto, l'indomani avrebbe visitato un posto.
L'unico posto in cui se la sentiva di andare davvero.

Tre giorni passati con Rosalie e Simon in casa, la prima che ad ogni occasione gli ricordava quanto fosse idiota, il secondo che invano cercava di ipotizzare dove alloggiasse Layla.
Fu brutto da pensare, ma Alex ringraziò quei pomeriggi di solitudine in cui gli amici erano a lavoro e lui tornava ad essere il vero proprietario di casa.
Tornò in camera da letto e per un istante ebbe l'impressione di rivedere Layla appollaiata su un lato del materasso, il temporale fuori e lei che aveva trovato rifugio che tra le sue braccia.
Se solo avesse avuto coraggio prima di dirle tutta la verità e non mostrarle l'anello in maniera così plateale.
"Rosalie ha ragione: sono un coglione." Scosse la testa camminando a caso per la stanza. "Fa' anche rima."
Layla aveva lasciato tutto esattamente come lo aveva trovato: le foto con gli amici, i vestiti dentro gli armadi, il mobili spostato nemmeno di mezzo centimetro. Aveva persino rifatto il letto.

Niente che riconducesse a lei, nemmeno un biglietto.
Alex avrebbe dato di tutto pur di leggere qualcosa scritto di suo pugno, anche gli insulti sarebbero stati graditi.
La ragazza Americana aveva riaperto una ferita che era convinto aver ricucito del tutto. Era stato così male e si era sentito così triste solo una volta, il giorno in cui quella fede nuziale aveva iniziato davvero a pesare sul collo.
Si sedette sul letto con la testa tra le mani, cercò per l'ennesima volta e per il terzo giorno di ricordare se fosse passato davanti a qualche albergo insieme a lei, se gli avesse detto qualcosa, qualunque cosa che lo riconducesse ad un luogo particolare ma niente.
Layla era diventata un vero e proprio mistero.
Simon tornò a casa poco dopo l'ora di cena, con grande sforzo Alex si rialzò in piedi indossando la solita maschera del ragazzo sicuro e deciso. Per quanto amasse i suoi amici, lo avevano già visto debole una volta, non voleva umiliarsi nuovamente.
"Alex ci sei?"
"Si, si, sto scendendo. Ero in bagno." Mentì mentre ripercorreva le scale fino a raggiungere la cucina.
L'amico aveva appena poggiato sopra al tavolo delle pizze, birra e una busta piena di macarons di *Ladurée* con annessa una scatolina.
"Ho preso a Rosalie un regalino, spero le faccia stendere i nervi, anche lei è molto nervosa per la storia di Layla."
Simon aprì la scatolina, dentro c'era un delizioso portachiavi con delle riproduzioni di macarons azzurri, verdi e viola, la medaglietta simbolo di *Ladurée* e una mini statuina bagnata in oro raffigurante la *Tour Eiffel*.
E fu allora che Alex si illuminò in viso.
Le sue labbra si inarcarono verso l'alto, il cuore riprese a battere e in un lampo gli tornò in mente la frase fatidica che stava cercando da giorni.
"Simo, Simo, Simo!" abbracciò l'amico schioccandogli un bacio sulla guancia. "Ti amo!"

"Oh accidenti." Rosalie apparve dal nulla con un volto decisamente preoccupato. "Volete che vi lasci soli?"
Alex abbracciò anche lei mentre il cuore riprendeva a battere.
Ora sapeva cosa fare e dove andare e non appena si staccò dall'abbraccio spiegò agli amici il suo piano.

"Tu piaci Aleksej e se per dimostrartelo dovessi salire su questa Torre tutti i giorni a piedi, lo farei senza pensarci due volte."
Gli aveva detto questo il giorno in cui si era dichiarata e perché cavolo non ci aveva pensato prima lo sapeva solo lui.
Simon gli dette del pazzo, l'animo romantico di Rosalie lo premiò e decise di lasciargli i dolcetti per Layla nel caso in cui l'avesse incontrata, fu un gran sacrificio resistere alle delizie di *Ladurée*, ma il portachiavi lo attaccò immediatamente alla borsa, immaginando l'invidia delle sue colleghe.
"Tu sei fuori amico." Ripeteva Simon in macchina mentre lo accompagnavano al monumento. "Voglio dire, vuoi davvero salire a piedi fino al primo anello e restare lì fino a chiusura? Ti prenderanno per un terrorista!"
"Questa è una battuta di cattivissimo gusto, Simon!" sbottò Rosalie che gli rifilò un pugno senza troppa gentilezza. "E poi Alex sta facendo una cosa bellissima, dovresti prendere esempio!"
"Lo dici solo perché sei arrabbiata, sai benissimo che sono un ragazzo romantico."
Rosalie non ribatté, in fondo il fidanzato aveva ragione, così si girò per guardare un Alex visibilmente nervoso. "Se vuoi ti facciamo compagnia, ovviamente prendendo l'ascensore."
"No grazie, è una cosa che devo fare da solo."
"Allora buona fortuna, Romeo, siamo arrivati."

Li lasciò andare e nonostante il pensiero contrastante anche Simon gli augurò buona fortuna.
Alex osservò la *Tour Eiffel* con decisione, mancavano pochi minuti all'apertura ma già i turisti affollavano la base in attesa dell'apertura dei botteghini. Si mise assieme a loro col cuore che esplodeva in petto, i muscoli delle gambe pronti a scattare e a correre lungo i gradini. Durante l'attesa osservava i presenti nella speranza di vedere Layla, non c'era ma allo stesso tempo era ovunque: nella ragazza coi suoi stessi colori di capelli, nella signora alta quanto lei e nel turista americano con il medesimo accento.
Gli sembrava di impazzire fin quando non aprirono i cancelli e finalmente poté ricordarsi di respirare.

Vedere Parigi dall'alto l'aveva tranquillizzata una volta, forse lo avrebbe fatto di nuovo.
Lì si era dichiarata, alla fine lì erano iniziati davvero i suoi sentimenti per lui.
Layla si era svegliata con tutta calma, uscita con un po' di soldi in tasca, vestiti comodi e i capelli legati in una coda.
Si era data della pazza ma aveva preso la sua decisione: avrebbe salito le scale fino al primo anello esattamente come la prima volta, a dispetto di ciò che era accaduto lì sopra.
Suo padre diceva spesso che il movimento e l'allenamento aiutavano non solo il corpo ma anche la mente (facile da dire per un soldato) ma chissà che durante la scalata non le venisse in mente un colpo di genio per ritornare sui propri passi e perdonare Alex.
Difficile, molto difficile. In realtà avrebbe salito quei gradini solo per pensare, ragionare e svuotare la mente nella speranza di trovare una soluzione senza lasciarsi sopraffare dall'odio.
Arrivò alla *Tour Eiffel* a piedi impiegandoci almeno mezz'ora di camminata a passo spedito, si concesse un attimo di pausa prima della scalinata bevendo un

bicchiere d'acqua, pagò il biglietto e iniziò a salire dopo altri dieci minuti di attesa.

La folla che si era radunata era tanta quanto quella della prima volta, nonostante all'apparenza non fosse un granché, il monumento attirava tantissime persone. E come dar loro torto visto che Parigi si mostrava bellissima anche tra le lamiere delle scale?

Passo dopo passo Layla ricordò la prima volta in cui aveva affrontato quella sfida, per un attimo un ragazzo davanti a lei di pochi gradini le sembrò Alex e il cuore fece un salto nel vuoto. Non bene. Si sentiva pronta ad affrontarlo eppure era bastato intravederlo per perdere tutte le sicurezze. Male, molto male.

Si risollevò non appena il ragazzo si girò.

Non era lui, ovvio, non poteva essere lui.

Probabilmente l'aveva già dimenticata per tornare da sua moglie e lei stava commettendo l'ennesima sciocchezza.

Si fermò a metà strada e per un attimo il dubbio la assalì: continuare a salire o scendere e rinunciare? Era un po' la metafora di tutta quella storia. Avrebbe faticato in una strada piena di difficoltà ma alla fine raggiungendo la verità, o sarebbe tornata indietro sui propri passi, in America e lasciando perdere tutto?

"No." Sussurrò piano. "Lo devo a me stessa." Spostò leggermente la testa. "E per i soldi del biglietto."

Ovvio che non lo avrebbe trovato sulla cima, ovvio che era a casa a farsi coccolare e a prendere in giro la donna che aveva sposato.

Ripensò alle parole di Stacy e forse un pugno in faccia se lo sarebbe meritato davvero.

La stanchezza fu smossa dalla rabbia, a testa bassa e a pugni stretti Layla percorse l'ultimo scalino, pronta per assaporare il panorama parigino.

Ma quello che vide fu il verde acqua tipico dei sacchetti del famoso negozio di macarons in cui l'aveva portata Rosalie.

Capitolo 19

Gli sembrò un miraggio, la felicità raddoppiò alla faccia che avrebbe fatto Simon una volta raccontato tutto, che lui aveva avuto ragione, come sempre, ed era riuscito nel suo intento romantico di riprendersi Layla proprio lì, nello stesso posto in cui si era dichiarata.
Alex aveva strabuzzato gli occhi, stropicciati e si era preso persino a pizzicotti quando, tra le varie lamiere, la vide salire con decisione.
Il cuore riprese a battere all'impazzata come se avesse deciso di staccarsi dal petto e ripercorrere da solo tutti gli scalini, sentì freddo alle dita e lo stomaco si contorse nu po' abbandonando completamente i morsi della fame.
Era lei, doveva essere lei, l'avrebbe riconosciuta tra tutti.
Indossava abiti comodi, la coda di cavallo che oscillava ad ogni passo, il sudore che imperlava la fronte.
E non sarebbe mai stata più bella di così.
Non la perse mai di vista: a grandi falcate aveva attraversato i turisti presenti per catapultarsi sulla cima delle scale, dal passo svelto, gli occhi bassi e i pugni stretti sembrava arrabbiata. A maggior ragione le avrebbe teso la mano aiutandola a salire gli ultimi gradini, le avrebbe chiesto scusa consegnandole i dolcetti, tutta la verità sarebbe finalmente uscita dalla bocca e avrebbero fatto pace davanti gli occhi meravigliati dei curiosi.
Sì, sarebbe andato tutto bene.

Lo schiaffo lo raggiunse nonostante i quasi due metri di altezza, lo schiocco fu talmente violento che in molti si girarono a guardarlo.

Fu davvero orgogliosa del proprio corpo che agì senza dar retta al cuore e all'emozione.

La rabbia che l'aveva aiutata a salire le scale era tornata nuovamente fuori alla vista di Alex che l'aspettava sulla cima con un sorrisetto cretino stampato in volto.

Ma certo, per lui era tutto normale! Una volta consolata la moglie dopo quattro giorni sarebbe toccato all'amante scema.

E sperava davvero di riconquistarla con dei macarons?

Davvero patetico.

La speranza di starsene tranquilla sul primo anello magari bevendo qualcosa al bar del ristorante andò a farsi benedire.

"Non ci posso credere!" sbottò scuotendo la testa. "Non ci posso credere!"

Girò sui tacchi convinta più che mai ad andarsene, ma fu quando scese il primo gradino che risentì quella voce e il cuore frenò un po'.

"Scappi di nuovo?"

Alex la guardava dall'alto verso il basso, le braccia incrociate e l'espressione un misto tra saccenza e rabbia.

Incredibilmente e maledettamente attraente.

"Io non scappo." Si difese Layla alzando la voce, fregandosene di essere sulla cima della gradinata bloccando il passaggio ai turisti che, comunque, ora sembravano molto più interessati a quel siparietto che al panorama.

Alex scosse la testa facendo spallucce: "Non mi sembra, anzi, sono convinto che scapperai anche questa volta."

"Ma chi cavolo sei tu per accusare me?"

"Possiamo parlare come due persone civili e adulte, o vuoi continuare a dare spettacolo come un'adolescente viziata?"

La mano destra friggeva dall'irrefrenabile voglia di tirargli nuovamente uno schiaffo.

Ma dentro di sé risentì le parole dette da Stacy, in effetti doveva parlare con lui e lo avrebbe fatto per concludere

quella maledetta storia e cancellare l'errore una volta per tutte.
"Non qui. Ho fame."
In realtà l'intenzione era quella di parlare in un posto che fosse decisamente meno affollato, il suo schiaffo plateale aveva raccolto troppi sguardi. Una parte di lei avrebbe voluto picchiarlo davanti a tutti, sicura che se avesse raccontato ai presenti come si era comportato Alex le avrebbero dato ragione, al sol pensiero una misteriosa soddisfazione montò in petto in petto, con determinazione si girò e finalmente poté scendere il gradino.
Alex le si affiancò, un po' irritato all'idea che avrebbe nuovamente ripercorso tutta la strada, prendere l'ascensore sarebbe stata un'idea migliore ma evidentemente Layla non aveva intenzione di restare da sola con lui in un posto così chiuso. Meglio distruggersi le gambe. "Anch'io ho fame."
"No Alex." Sbottò la ragazza fulminandolo con lo sguardo e indicandolo. "Tu hai un'ultima possibilità."

Scelsero il primo locale in cui andarono insieme, nessuna parola scambiata se non con il cameriere che prese l'ordine con un sorriso tirato, percependo la tensione.
Layla era abbastanza incavolata, rimase lì sia per la fame sia per dimostrare a Stacy (ma soprattutto a sé stessa) che poteva essere forte e che poteva risolvere i suoi problemi da sola. In fondo era giusto così, doveva tornare a casa con la consapevolezza che quella storia fosse finita (perché, era davvero iniziato qualcosa tra loro?) e con un motivo valido, non su assurde supposizioni.
Alex sospirò. "Faccio da solo o hai delle domande?"
"Come sapevi che sarei andata alla Tour Eiffel?"
Quello forse le interessava davvero più di tutto. Non aveva lasciato indizi, non aveva parlato con nessuno, come diavolo era possibile che avesse passato tre giorni di reclusione forzati per non rischiare di incontrarlo, e il

quarto se lo era ritrovato davanti proprio sulla cima del monumento più famoso di Parigi!
Alex fece spallucce. "Tu piaci Aleksej e se per dimostrartelo dovessi salire su questa torre tutti i giorni a piedi, lo farei senza pensarci due volte."
Layla ricordava bene quelle parole, era stata lei a pronunciarle.
Cedette un po' e fece fatica per restare calma e decisa. La parte razionale le suggerì che sicuramente Alex era abituato a tornare dalle proprie amanti con uscite d'effetto come quella.
Miracolosamente restò concentrata, sbuffò ma un lieve sorriso la tradì. "Inizia a dirmi quello che devi, poi in casi chiederò."
Alex bevve un sorso d'acqua frizzante, ordinare del vino non era proprio il caso con lo stomaco ancora in subbuglio, anche se l'alcol avrebbe agevolato lo scioglimento della lingua.
No, questa volta ce l'avrebbe fatta da sobrio.
Prese la fede dalla tasca dei pantaloni, improvvisamente diventata più leggera.
"Mi sono sposato a Varsavia tre anni fa ma ho firmato le pratiche per il divorzio sei mesi dopo la cerimonia."
Questa proprio non se lo aspettava.
Layla si sentì talmente sollevata che le venne voglia di ridere e piangere, non lo fece solo perché Alex aveva un'espressione tutt'altro che divertita. Dunque tutto il suo odio, tutta quella sofferenza e rabbia repressa erano state inutili. Se solo lo avesse ascoltato prima di abbandonarlo al ristorante della nave.
La felicità divenne ben presto senso di colpa e il sorriso si spense con gli occhi che iniziavano pericolosamente a pizzicare.
Stacy ed Alex, anche se non si conoscevano e migliaia di chilometri li distanziavano, avevano ragione su una cosa: era scappata.

Alex sospirò abbattuto scuotendo la testa in cenno negativo: "La mia adorata mogliettina era rimasta incinta." Spostò a malapena gli occhi verso Layla. "Del mio ex migliore amico."
Questa fu una bomba ancora peggiore di quella di poco prima.
In un secondo non odiò più Alex, anzi, lo compatì e, in un certo senso, lo amò ancora di più. Non poteva immaginare il dolore provato da Alex per quella assurda situazione e mai avrebbe voluto provarlo. Tradito non solo dall'ipotetico amore dalla sua vita ma anche dal migliore amico.
Ammorbidì il tono, il cuore un po' più leggero alla consapevolezza che non l'aveva presa in giro. "Allora perché la tieni ancora?"
"Perché mi ricorda che ci sono errori che non devo mai più commettere, per esempio dare troppa fiducia alle persone."
"Eppure ti sei fidato di me."
Si guardarono intensamente per un secondo, fu Alex a perdere la battaglia e abbassare lo sguardo con imbarazzo: "Si, e guarda cos'è successo."
Layla bevve un sorso d'acqua, sicuramente era stata molto precipitosa ma non era una persona falsa a cui non ci si poteva affidare. "In mia difesa, Alex, nessuno ti ha costretto ad aiutarmi. Se non ti fidavi allora perché mi hai presa in casa tua?"
Il ragazzo alzò gli occhi al cielo, sbuffò sottolineando il tutto con un sorriso amaro, ma ancora gli occhi non riuscivano ad affrontare il fuoco dentro quella bellissima ragazza: "Ormai ci sono, tanto vale dirti davvero tutto. Ti ho presa con me perché temevo lasciassi una recensione negativa all'ostello. All'inizio ti ho presa senza interesse, poi..."
Ok, non stava certo migliorando la situazione. Layla respirò a fondo: "Poi?"
"E' imbarazzante." Ammise spostando la mano sui capelli: "Avevo la mia vita sotto controllo, poi..." finalmente tornò a guardarla, il sorriso amaro divenne una piccola parentesi

di dolcezza. "Poi hai sorriso, e hai pronunciato il mio nome."
In effetti era una motivazione decisamente curiosa, Layla si lasciò coinvolgere in quella dolcezza e, senza che potesse farci nulla, le labbra si inarcarono verso l'alto.
"Mi faccio chiamare Alex perché Aleksej deve morire, esattamente come è morta la mia vita passata."
"Perdonami ma non ha senso, vuoi liberarti di una vita passata ma allo stesso tempo non riesci a liberarti della fede nuziale che ti lega indissolubilmente a quella vita?"
Aveva ragione, Dio se aveva ragione.
"Io so che lei non tornerà, Layla."
"Non ti sto dicendo di buttarla via..."
"Anche se lo dicessi, non lo farei."
Layla sorvolò sul tono acido e accusatorio, riuscì a restare calma solo dopo aver chiuso gli occhi e preso un lungo respiro, i famosi cinque secondi di pausa prima di impazzire dal nervoso. "Ti sto dicendo, magari, di non portartela sempre dietro. Non puoi dimenticare una cosa quando ce l'hai sempre davanti agli occhi."
"Fosse tutto così semplice."
"In tutta onestà, Alex, capisco che è stato un duro colpo ma è anche passato del tempo, no? Ormai dovresti aver assimilato la cosa."
"Come ti permetti?"
Quel cambio di umore improvviso la spaventò un po', i bellissimi occhi verdi e azzurri si trasformarono in lampi di odio e rabbia. Probabilmente gli stessi che, ironia della vita, erano sul suo viso la sera in cui aveva scoperto l'esistenza di quella maledetta fede.
Ripensando alle sue parole, Layla si rese conto di aver osato un po' troppo e solo allora si morse la lingua, quando ormai il danno era fatto.
"Come osi dirmi una cosa del genere? Secondo te è una ferita da niente che guarisce in un secondo? Non sto parlando un esame andato male o del ragazzino del liceo che ti ha scaricata al primo ballo, qui sto parlando dei

progetti di una vita, di un futuro andato a puttane! Credi seriamente che basti così poco per dimenticare così tanto? Povera ingenua."
"E allora perché cavolo sei venuto a letto con me? Cos'è, speravi di dimenticarla?"
"Sì!"
Perfetto, ecco il motivo di tante moine e tante attenzioni.
Lo faceva solo per sé stesso: prima per la recensione all'ostello (che motivo assurdo!) e poi per sfogare semplicemente un bisogno fisico (un motivo ancora più assurdo, cinico e bastardo!)
Layla sentì le lacrime montare in petto ma non avrebbe pianto, non gli avrebbe dato quella soddisfazione. Però non riuscì più a guardarlo negli occhi, trattenne il respiro cercando di concentrarsi sull'esterno ma anche i passanti ora erano soggetti all'odio, ora tutto le dava fastidio, persino vedere un bambino felice mano nella mano coi propri genitori, le coppiette felici che chissà che cavolo avevano da sorridere.
Voleva tornare in America e cancellare per sempre la Francia dalla sua vita.
"Cioè no!" riprese Alex una volta accortosi della scemenza appena uscita di bocca. Stava andando tutto storto, quel dialogo non doveva andare così, non lo aveva affatto studiato così. Non come le tre notti insonni in cui, davanti allo specchio, si esercitava per dire le parole giuste, in cui ripensava e fantasticava al loro nuovo incontro, alle parole di scusa e alla serata romantica che sarebbe seguita.
Stava sbagliando tutto, tutto!
E la stava per perdere.
Prese la testa tra le mani buttandola in avanti, gli occhi fissi sul cibo ormai dimenticato, la fame di poco prima passata con la stessa rapidità con cui era venuta.
Chiuse gli occhi, respirò a fondo.
Per un attimo pensò che quel momento, quell'incontro faccia a faccia, era decisamente simile se non identico a quando, durante una partita, doveva parare un rigore.

Si immaginò sul campo, il giocatore avversario davanti la palla, cercare di intuire dove avrebbe tirato, dove si sarebbe dovuto tuffare per impedire la sconfitta. E come ogni volta in cui doveva parare un rigore prese un lungo respiro, alzò la testa di scatto, gli occhi accesi di determinazione.
Era una partita e non doveva perdere, quel rigore doveva assolutamente pararlo.
"E va bene, vuoi la verità, Layla Silfrey? Io ti odio."
Si, voleva proprio dirle questo. Voleva vedere quell'espressione adirata, quello stupore e quegli occhi uscire dalle orbite, voleva di nuovo quel tono arrabbiato, secco, arido.
"Come prego?!"
Alzò entrambe le mani, esattamente come avrebbe fatto durante una partita: "Sta' zitta per un secondo! Stai zitta, maledetta te! Odio quel sorriso che tiri fuori quando meno me lo aspetto, odio il fatto che tu sappia pronunciare alla perfezione il mio nome rendendolo qualcosa di nuovo, odio la tua testardaggine ma non so perché non posso farne a meno! Hai detto che per te sono una droga beh, io mi sento un dipendente a tutti gli effetti. Mi sono sentito così solo quando la mia ex mi ha tradito e non sai quanto sia umiliante per un uomo piangere davanti ai propri amici! Anche Simon e Rosalie non volevano crederci quando ho pianto sul divano con la testa tra le mani, non riuscivano a consolarmi. Ti odio perché mi hai fatto piangere, perché mi hai insegnato ad amare di nuovo e odio il mio cuore che si sente a disagio ogni volta in cui ci troviamo in tua presenza! E il fatto che andrai in America e probabilmente non ti rivedrò mai più, beh quello mi fa impazzire!"
Layla aveva la bocca mezza aperta, il sangue congelato. Vedere Alex parlare con tanta foga e con il sorriso tirato, gli occhi lucidi, accese in lei qualcosa di nuovo. Aveva voglia di ribattere, di litigare, di far sapere a tutto il mondo quanto fosse attratta da quel desiderio di battaglia. Ma tutto ciò che riuscì a fare fu scuotere la testa.

Com'era possibile che fino pochi secondi prima lo avrebbe ammazzato e ora si sarebbe voluta buttare tra le sue braccia davanti a tutti?
"Alex, la mia dichiarazione era imbarazzante." Ammise sussurrando, in totale contrasto con quello che avrebbe voluto fare. "Ma la tua ha fatto veramente schifo."
"So che è assurdo perché ci conosciamo da poco, e non hai idea di quanto mi senta ragazzino nel dirtelo ma...Credo di amarti."
Come risposta a quelle ultime parole sussurrate, Layla prese la scatola di macaron aprendola.
Ma al posto dei dolcetti, dentro trovò due biglietti per il *Louvre*.
E scoppiò a piangere.

Capitolo 20

Layla osservava i biglietti per il *Louvre* sdraiata sul comodo letto d'albergo, si era concessa un lunghissimo bagno caldo, le parole di Alex che suonavano dentro la testa, la sua pessima storia che subito aveva raccontato a Stacy.
E anche la migliore amica aveva cambiato opinione in un secondo difendendo addirittura Alex dalle grinfie di una ex senza nome e accusando Layla per esser stata estremamente precipitosa (e teatrale)
"Mettiti anche nei suoi panni, non deve esser stato facile dirti queste cose!"
"Ma fino ieri hai detto che..."
"Che sei stata troppo precipitosa!"
Lasciò cadere la conversazione mostrandole i biglietti per uno dei musei più famosi al mondo, come risposta Stacy aveva storto il naso definendola la solita attrazione per vecchi.
Invece era stato proprio quel turismo per vecchi a cambiarle la vita.
Si alzò dal letto, da lontano vedeva Parigi e non poteva fare a meno di sorridere, non riusciva a staccarsi dai due pezzetti di carta che ancora profumavano di dolce.
Dopo aver chiesto per almeno cento volte se fossero autentici e non uno scherzo, Alex aveva pagato il pranzo non mangiato portandola sul loro ponte preferito, osservando in silenzio il mondo che li circondava mentre il cielo si colorava di rosa e i monumenti di nero.
Era come se, all'improvviso, si fossero ritrovati dentro un quadro in attesa di essere esposti in qualche famoso museo.

"Come possono esserci tramonti così belli dopo una giornata di pioggia?" aveva chiesto Layla poggiandosi sul cornicione del ponte non curandosi che fosse ancora bagnato.
Alex le si era messo accanto, ancora non aveva avuto il coraggio di toccarla. Troppa paura che quel perdono fosse ancora un sogno. "Forse siamo solo noi a vederlo." Come lei si era poggiato alla fredda pietra riscendo ad abbozzare un sorriso.
"Non ricordavo che avessimo bevuto così tanto."
Nel profondo Layla si sentiva tremendamente in colpa per averlo trattato male, per averlo mandato a quel paese e maledetto più volte durante la notte. In cuor suo sentiva che doveva rimediare, recuperare quella relazione su cui aveva deciso di investire a dispetto delle difficoltà che sicuramente sarebbero arrivate.
Si era avvicinata a lui fino a poggiare la testa sulla sua spalla. "Guardiamo il lato positivo." Al che Alex aveva spostato lo sguardo dentro i suoi occhi. "Abbiamo iniziato con una bella litigata e ci siamo subito mandati al diavolo! Che altro potrebbe spaventarci?"
Alex l'aveva abbracciata con forza, Layla fece tesoro di quelle calde braccia, del ricordo che l'avrebbe accompagnata in America quando si sarebbe sentita sola.
Si erano baciati nel momento in cui il sole lasciava spazio all'oscurità, al ricordo di quel bacio Layla si allontanò dalla finestra senza smettere di sorridere.
Aveva deciso di rimanere in albergo non solo perché ormai lo aveva pagato ma anche perché non le sembrava giusto nei confronti di Alex tornare a vivere da lui senza poter effettivamente dare qualcosa in cambio.
Si ributtò sul letto e si addormentò subito.

Sperava in una giornata romantica con Alex, ma dovette ricredersi quando, vicino la piramide del famoso museo, vide Rosalie e Simon intenti a scattarsi foto.

Quando Rosalie la vide la abbracciò con gli occhi lucidi. "*Chérie!*" esclamò talmente forte che i turisti si voltarono, stringendola ancora più forte. "Che bello!"
Abbracciò anche Simon che si allontanò quasi subito probabilmente nel timore che la fidanzata si ingelosisse troppo.
Fu proprio Rosalie a riprendere parola. "Alex arriverà a breve, sta cercando parcheggio." Abbassò gli occhi. "E grazie."
Layla capì da sola per cosa, dunque non disse una parola. Le piacque molto quella complicità creatasi, il comprendersi senza parlare, era un'intesa che era riuscita a trovare solo con Stacy e coi suoi genitori.
"Pensa che non lo sapevo nemmeno io." Intervenne Simon incrociando le braccia e fingendo un broncio. "Amici da anni ma solo la mia ragazza sapeva il suo piccolo segreto."
"Beh non tanto piccolo." Ammise Layla facendo spallucce. "Ma ho sbagliato io, ragazzi, sono stata troppo precipitosa ad andarmene senza dire niente e senza dargli modo di spiegare la situazione."
Teatrale, come aveva detto Stacy.
"Oh no, anche io avrei reagito allo stesso modo, se venissi a sapere che Simon è sposato lo ucciderei." Si voltò verso il fidanzato abbracciandolo. "Ma poi, una volta ucciso, lo perdonerei!" gli schioccò un bacio sulla guancia e il ragazzo parve seriamente preoccupato da quella dichiarazione. "Manjla e Alex stavano insieme da dieci anni, praticamente da quando erano ragazzini, ma col diventare adulta lei scoprì che provava solo affetto per lui e non amore."
"Allora perché sposarlo?"
Rosalie fece spallucce. "Non ne ho idea."
"Basta pettegole, sta arrivando."
Alex era in fondo alla piazza, si notava sia per la sua altezza che per il voltarsi continuo delle ragazze che lo fissavano.

"Ah *chérie*, spero che tu non sia un tipo troppo geloso."
Quando Alex raggiunse il trio fu palpabile l'imbarazzo creato tra lui e Layla, Rosalie sospirò ad alta voce, prese una mano del ragazzo, una della ragazza unendole.
"Basta fare i bambini! *Allons-y!*"
Alex e Layla guardarono le loro mani unite, entrambi pensarono che al mondo non ci fosse nulla di più giusto.

Una volta attraversati tutti i controlli di sicurezza e mostrato il biglietto a diversi responsabili, finalmente poterono dire di essere dentro al *Louvre*. Il caldo soffocante e opprimente li fece pentire di aver indossato le giacche, dopo aver preso delle mappe lasciarono tutto nell'apposito guardaroba.
"Ma è enorme!" esclamò Layla una volta messo il naso sopra la mappa ma indicando quasi subito un punto preciso. "Voglio vedere la Gioconda!"
Alex sbuffò alzando gli occhi al cielo: "Grande classico del turista medio."
Nonostante fosse mattino il *Louvre* era già pieno zeppo di turisti, tuttavia si riusciva a camminare bene lungo gli immensi corridoi di parquet, le finestre grandi ed illuminate. Seguivano la mappa turistica ma allo stesso tempo osservavano ogni singolo dettaglio. Layla sempre un po' delusa per non avere una macchina fotografica o un cellulare, ma esattamente come aveva fatto con *Versailles* avrebbe acquistato dei libri esplicativi.
Con occhi bassi sempre incollati alla mappa nella speranza di capire bene dove fosse la *Gioconda* così da non dover più aprire la mappa, salì la prima gradinata.
"Layla?"
Non sapeva bene chi dei tre l'avesse chiamata all'appello, ma alzò lo sguardo.
E ciò che vide la folgorò.
La statua si ergeva maestosa e possente sulla cima della gradinata, le ali spalancate all'indietro, il corpo proteso in

avanti pronto a spiccare il volo e il vestito che talmente era ben scolpito che sembrava muoversi ad un inesistente vento. La testa assente eppure, nonostante il pezzo mancante, a Layla sembrò di trovarsi davanti la pura perfezione dell'arte. Nemmeno *Il Bacio* di Rodin era riuscito a stupirla tanto.
"La *Nike*." Sussurrò Alex al suo fianco, Rosalie e Simon in disparte a leggere delle informazioni sulla statua, felici di giocare a fare i turisti nella loro stessa città. "Questo è il monumento per eccellenza, secondo me." Non aspettò le domande di Layla, a dire il vero l'impressione fu quella che stesse parlando da solo. "Guarda, ha i piedi per terra ma sembra che stia volando. E forse è proprio il fatto che sia senza testa a renderla perfetta. Lo spettatore può immaginarsi chiunque: la donna amata, una madre persa, una semplice figura di bellezza femminile. Per come la vedo io è l'angelo personale di ognuno di noi."
Ipnotizzata da quelle parole, Layla strinse maggiormente la mano di Alex. Si chiese chi vedesse, se lei, la sua ex, o magari un'altra donna appartenente al suo passato. Lei la trovava una statua bellissima ma non riuscì a vederci nessuno in quel corpo angelico di donna. "Credo sia una bellissima spiegazione." Ammise guardandolo negli occhi, Alex non smetteva di fissare la pietra.
"Grazie."
Si staccarono dalla statua solo dopo che Rosalie scattò una foto alla nuova coppia promettendo che l'avrebbe spedita a Layla quanto prima, sulla destra si aprì un altro corridoio del museo, questa volta la luce esterna lasciò il posto a dei neon ma ciò non impedì di apprezzare la bellezza dei vari quadri appesi. Seguendo la mappa raggiunsero le stanze in cui avrebbero dovuto trovare la *Gioconda*, le povere statue al centro dei corridoi e i quadri probabilmente non avrebbero mai potuto competere con la curiosità dei turisti e della fama dell'opera di Leonardo da Vinci.

Riconobbero la sala tanto cercata solo perché una folla immensa era accalcata davanti ad una parete. A differenza delle altre opere d'arte, di fianco alla teca erano state assegnate due guardie e il dipinto era protetto da un vetro spesso.
Tutti scattavano foto, commentavano in un misto di lingue diverse e finalmente, dopo una buona manciata di minuti, toccò anche a Layla ed Alex.
"Ma è..." sussurrò la ragazza inclinando appena la testa e sorridendo di rimando alla donna del quadro. Era bello, il sorriso enigmatico della *Gioconda*, le mani giunte e lo sfondo che si sposava alla perfezione coi colori del vestito. Eppure Layla non riuscì a trattenere un sospiro di disappunto e un pizzico di delusione. "Ma è piccola!" esclamò attirando l'attenzione, alcuni la guardarono male.
Alex alzò le sopracciglia e si vide costretto ad allontanarla prendendola per un braccio, Layla continuava a fissare il quadro nella speranza che fosse uno scherzo. La *Gioconda*, uno dei dipinti più famosi del mondo, era davvero poco più grande di due fogli di carta medi sovrapposti?
"E poi ammettiamolo." Continuò ignara del fatto che dietro quel dipinto vi fossero diverse curiosità e misteri, e i turisti andavano a vederla più per questo che per passione artistica. "Non è tutto questo gran ché! Voglio dire, Leonardo da Vinci non merita di essere ricordato per questa roba, ha fatto ben altro di più importante."
"La vuoi smettere di insultare la punta di diamante del *Louvre*?" nonostante fosse preoccupato di creare la prima rissa dentro ad uno dei musei più famosi al mondo, (e magari finire pure su tutti i giornali del globo) Alex non riusciva a smettere di sorridere.
Anche a lui non piaceva quel quadro ma mai si sarebbe sognato di urlarlo ai quattro venti proprio lì davanti.
"Ma quale punta di diamante."
Delusa più che mai, Layla le dette le spalle come a voler sottolineare il suo mancato interesse.

Poi alzò lo sguardo.
Un brivido le attraversò tutto il corpo e la temperatura bollente del *Louvre* per un attimo si congelò.
"Speravo tanto che lo vedessi, Layla. Questo dipinto si chiama *Le nozze di Cana*."
La voce di Alex arrivò lontanissima.
Il dipinto, anzi, l'opera d'arte, occupava tutta la parete, dal pavimento al soffitto, la folla disegnata in primo piano sembrava prender vita con delle voci fantastiche che si mescolarono a quelle reali, si percepiva la frenesia, in alcuni tratti la gioia, il Cristo al centro riconoscibile solo per l'aura attorno al corpo, come se il pittore avesse voluto sottolineare quanto il Messia volesse confondersi con il suo amato popolo. Lo sfondo era formato da uno splendido cielo azzurro, qualche nuvola sparsa e un monumento bianco e grigio stile classico talmente ben reso che sembrava fosse in rilievo.
La perfezione era tale che il pittore sembrava aver scattato una foto, le dimensioni enormi eppure nessuna riga o colore fuori posto.
Perfetto.
Nel mentre Alex le aveva spiegato la storia del dipinto, di chi lo avesse commissionato e cosa rappresentasse ma lo aveva ascoltato ben poco, ammaliata da tanta bellezza.
"Questo è degno di nota!" Layla sussurrò ma non mancò di metter enfasi nella frase. Velocemente si guardò attorno. "Ti rendi conto che ci siamo solo noi a guardarlo mentre tutti sono imbambolati davanti la *Gioconda*?"
Alex si guardò attorno, in effetti era vero. Gli venne da ridere. "Superficialità. Non hai idea di quante persone guardino la *Gioconda* e poi se ne vanno senza voltarsi. Povero Paolo Veronese, se lo sapesse si rivolterebbe nella tomba!"
"Secondo me no." Layla si prese un attimo e fece spallucce. "Io credo che una cosa così maestosa non sia alla portata di tutti, se la gente non se ne accorge significa che non se la merita."

"Hai ragione, *chérie*." Rosalie e Simon apparvero dal nulla all'improvviso e per poco non uccisero sia Layla che Alex dallo spavento, entrambi coinvolti dentro la scena del magnifico dipinto. "Su, proseguiamo! Voglio andare a vedere *Amore e Psiche*."

Ma prima di lasciare la stanza, Layla si concesse un ultimo sguardo alle *Nozze di Cana*.

Come tutte le cose meravigliose in questo mondo, nessuna foto al mondo gli avrebbe reso giustizia.

Capitolo 21

E così, come tutte le belle favole, anche quella di Layla ebbe fine.
Aveva sperato che non l'accompagnasse all'aeroporto, evitare quegli addii strappalacrime che non sopportava nemmeno nei film, avere tutti gli occhi addosso e l'irritazione nel sapere che c'era qualcuno che osservava un momento intimo, troppo intimo e doloroso.
Sperò per tutta la notte passata in bianco che il lato freddo di Alex avesse la meglio su quello sentimentale, che anche lui pensasse che gli addii fossero qualcosa di tremendo.
Ma non fu così.
E mentre le lancette dell'orologio correvano sempre più in fretta, Layla si rendeva conto che il suo tempo stava finendo. Sarebbe stato più facile se fosse stata sola in mezzo a tutta quella gente, avrebbe comprato del cibo, un libro e avrebbe aspettato la partenza senza altri grilli per la testa, senza un insistente cellulare che squillava ogni secondo.
Invece lui era lì, al suo fianco e il silenzio era così assordante da farle venire il mal di testa.
Dopo aver imbarcato il bagaglio, si sedettero con gli occhi rivolti ad uno schermo in attesa dell'annuncio del volo che avrebbe riportato la ragazza in America, a casa sua.
Anche se zitti, anche se entrambi sapevano che forse la cosa migliore era restare soli in quel giorno, non riuscivano a staccarsi, le mani unite e strette.
La voglia disperata di Layla di rimanere lì per sempre, le dita del ragazzo un'ancora di salvezza che non avrebbe voluto lasciare.

Il desiderio di Alex di prenderla e partire con lei, quella mano che lo avrebbe portato lontano da tutto e tutti.
Stressata da quell'assurdo momento e detestando l'idea che non si dicessero nulla prima di partire, Layla scosse la testa. "Scusa ancora." Ripensò ai giorni passati, specialmente agli ultimi e non poté fare a meno di deglutire pesantemente. "Sono stata davvero una stronza."
Alex abbozzò un sorriso, il suo silenzio fu la risposta migliore di tutte.
"Layla, posso chiederti un ultimo favore?" Senza staccarsi da lei e soprattutto senza aspettare una risposta, allungò la mano verso la tasca dei pantaloni. "Tienila tu."
La fede nuziale di Alex sul palmo della mano, gli occhi di Layla incollati ad essa. Nonostante ora conoscesse tutta la storia un pizzico di rabbia montò al cuore.
"Sei sicuro?"
"Sì, fanne ciò che vuoi."
Perché se voleva voltare pagina non era stato lui a buttarla? Le stava scaricando addosso una responsabilità enorme.
Ma non aveva voglia di ribattere o, peggio, di litigare proprio l'ultimo giorno in cui sarebbero stati insieme.
"Scrivi quando arrivi, hai l'indirizzo mail dell'ostello."
Layla annuì, le parole del ragazzo fluivano come un fiume in piena, visibilmente nervoso.
"Da lì poi ti darò tutti i miei contatti e anche quello di Rosalie, chi la sente, poi? E anche quello di Simon. Se vuoi possiamo anche..."
"Alex."
Si guardarono, finalmente. E con il cuore in gola, con quella maledetta fede nuziale in mano stranamente pesantissima, Layla prese tutto il coraggio del mondo: "Non siamo costretti a farlo. Se non te la senti possiamo lasciarci qui, anche se io non voglio, rispetterei la tua scelta. Ma io voglio stare con te."
E in un secondo, non appena chiuse la bocca, si rese conto di quanto fosse cresciuta in quei giorni. Non si

sarebbe mai sognata di dire una cosa del genere alla persona amata, tanto meno ad un ipotetico fidanzato. Eppure, in cuor suo, sentiva che non avrebbe avuto senso vivere una storia a distanza se dall'altra parte c'era solo paura. Fino al giorno prima era tutto bellissimo, inebriata dall'amore e dalla felicità non aveva avuto tempo (o forse il coraggio) di osservare tutto con occhio critico e obiettivo.
Aveva davvero senso quello che stava facendo?
Si rispose in un attimo, non appena sentì il cuore venire meno semplicemente guardando gli occhi del ragazzo.
Si, ne sarebbe valsa la pena.
Alex scosse la testa, le guance si arrossarono appena alla scoperta che Layla aveva compreso i suoi timori. Non sapeva se era ancora pronto per una storia, una storia che da subito si era mostrata complessa e non sarebbe andata avanti così facilmente. Non tanto per lui, che aveva una sicurezza lì a Parigi, la propria famiglia, i propri amici, quanto per lei che avrebbe abbandonato tutto a causa sua. Con difficoltà la guardò negli occhi: "Io ti amo, Layla. Ma non cambiare la tua vita per me, non avrebbe senso, abbandoneresti tutto ciò che hai e non me la sento di chiederti una cosa tanto grande."
Questa risposta proprio non se l'aspettava.
Al diavolo i dubbi, al diavolo i pensieri altrui e ciò che sarebbe stato, per una volta avrebbe vinto un po' di sano egoismo.
"Oh ma smettila!"
Senza fare troppi complimenti Layla strappò la fede nuziale dalla mano di Alex e se la mise al collo.
Non lo dette a vedere ma quel gesto le pesò terribilmente, l'anello diventato una pietra gelida il cui freddo aveva immobilizzato il cuore. Quello era il pegno d'amore verso un'altra donna, una donna, però, che ormai faceva parte di un passato dimenticato.
O almeno così sperava.
"Ho preso la mia decisione e con essa ho accettato tutte le conseguenze. Io ti amo, Alex. Quindi per quanto mi

riguarda non devi sentirti in colpa per me, e non saranno nove ore di volo a separarci, dico bene?"
Alex si alzò e l'abbracciò con forza, senza curarsi di farle male. Quell'abbraccio, quel calore, chissà quando ne avrebbe potuto godere di nuovo? Era davvero sicuro di buttarsi in un impegno così grande? Una distanza così incolmabile? Era anche vero che la sofferenza più grande gli era stata data da una donna che abitava proprio dentro casa sua, forse la distanza avrebbe funzionato.
Forse, forse, forse.
Troppi maledetti dubbi.
Non sentendo risposta, Layla si staccò dall'abbraccio sostenendo il suo sguardo: "Alex devo saperlo: questa storia vuoi continuarla, si o no?"

EPILOGO

Il caffè era buonissimo, non che ci volesse una laurea per prepararlo eppure Layla non poté fare a meno di sorridere al barista della caffetteria, ovviamente con tutta la clientela e la folla, non si accorse di lei.
Poggiò la tazza accanto la pasta al cioccolato, anche quella non era male anche se sapeva un po' troppo di conservante, tuttavia con lo stomaco brontolante tutto diventava più che commestibile.
Di fronte a sé, Stacy la guardava fisso come fosse stata una marziana.
"Che c'è?" le chiese abbozzando un sorriso e dandosi un'occhiata cercando il punto di interesse di quello sguardo intenso e stupito. "Mi sono sporcata?"
"No, no. Guardavo quello." La migliore amica indicò il ciondolo poco sotto al collo. "E' un suo regalo?"
"In un certo senso, si."
Stacy avvicinò ancor di più la testa fino ad alzarsi dalla sedia, sulle labbra nacque un sorriso spontaneo. "Che carini."
Layla accarezzò il ciondolo dorato a forma di cuore ed ebbe la sensazione di percepire del calore.
Era passato un anno preciso dal giorno in cui aveva rimesso piede nel suolo americano.
Ricordava davvero poco di quel volo, aveva guardato dei film, forse. Chiacchierato coi vicini di posto. Dormito. Un vuoto totale, ricordava solo il dolore e la tristezza che erano seguiti al momento del decollo, non era riuscita nemmeno a riposare. La tristezza si era affievolita un po' quando, passati i controlli e ritirata la valigia, aveva rivisto suo padre, sua madre e l'immancabile migliore amica riabbracciandola nemmeno fosse tornata dalla guerra.

Layla sorrideva ma dentro la tristezza la dilaniava.

Tornare alla vita di tutti i giorni fu più difficile del previsto ma non per il fuso orario, quello fu davvero il meno. I primi giorni in cui si svegliava nella sua camera da letto le sembrava di essere ancora in casa di Alex, il piccolo letto non aveva nulla a che vedere con il matrimoniale e persino il paesaggio, per quanto splendido, era sconosciuto. La vita riprese il suo corso assieme al ritorno all'università, finalmente la laurea, la festa e una settimana dopo fu lo stesso per Stacy.

Per i primi giorni Alex non si fece sentire, nonostante la mail di Layla all'ostello e le azzardate telefonate. La fede nuziale era rimasta per settimane dentro ad un cofanetto sulla scrivania, un ricordo che non aveva il coraggio e tantomeno la voglia di vedere ogni giorno.

Le mancava Parigi, il turismo per vecchi e il calore della città.

Alex si fece sentire dieci giorni dopo la partenza e lì scattarono le lacrime per entrambi, da quel momento ogni sera accendevano la chat e raccontavano della propria giornata, ogni tanto anche Simon e Rosalie apparivano a sorpresa e scambiare due chiacchiere anche con loro fu davvero piacevole, ormai si era creato un bellissimo legame di amicizia a distanza.

Difficile, ma non impossibile.

Alex non chiese mai cosa avesse fatto Layla della fede nuziale, forse per non soffrire o forse perché era riuscito davvero a chiudere col proprio passato.

Fu allora che Layla prese la decisione di recarsi da un orafo di New York, fondere l'oro per creare quello che sarebbe diventato il suo ciondolo, lo stesso che Stacy stava ammirando con la bocca semi aperta.

"Che vuol dire in un certo senso?" chiese tornando al posto e bevendo un sorso di cappuccino.

"Era la sua fede nuziale."

"A proposito, è riuscito a chiuderci a tutti gli effetti?"

Layla annuì decisa.

Stacy si era laureata come avvocatessa divorzista e il caso di Alex fu un ottimo inizio, per lei. Studiò il caso, lo aiutò con alcune pratiche studiando le leggi della Comunità Europea e, forse più che per il ragazzo, mise tutta sé stessa in quella vicenda solo per far sì che la migliore amica vivesse una relazione felice e senza troppi fastidi futuri.
Persino Alex iniziò ad esserle più simpatico, quando fu lei a rispondere alla chat anziché Layla, aveva alzato le mani spalancando gli occhi.
"No, di nuovo tu!"
Avevano riso e insieme trovato una soluzione.
Stacy abbozzò un sorriso per poi tornare all'amato cappuccino. "Comunque Alex è stato troppo buono a non richiedere un risarcimento danni."
"Credo che il suo unico volere fosse chiudere tutta la faccenda il prima possibile, con o senza denaro."
Restarono in silenzio, attorno a loro il vociare confuso dei passanti, i rumori delle stoviglie e dei bicchieri del bar che si postavano dal bancone al lavandino, il barista che raramente alzava gli occhi verso la clientela.
"Non mi aspettavo tutto questo casino." Ammise Layla guardandosi attorno per poi finire la brioche. "Sono le cinque del mattino!"
"La gente viaggia, Lally, è normale."
E allora lo videro sugli occhi di entrambe, il velo di tristezza tipico di chi finge che vada tutto bene ma in realtà sta male dentro.
Finirono di fare colazione, alzarsi dal tavolo fu difficile per entrambe.
"Allora, fai attenzione." Iniziò Stacy prendendo un lungo respiro. "Ai ladri, soprattutto."
Come risposta Layla strinse la borsa a tracolla che non aveva mai abbandonato, le pochette che si tenevano con una mano sola ormai erano esclusive per le serate particolari e tranquille, mai più per uscite casuali o altro.

"Se vorranno portare via la borsa allora porteranno via anche me!"
"Se hai bisogno di qualcosa…"
"Te l'ho detto, se puoi stai vicina a mamma in questi giorni, e anche a papà, è un soldato ma sotto sotto è un tenerone."
"Tranquilla, ci penso io a quei due."
"Grazie."
Si abbracciarono forte, il dolore nel cuore, ma sapevano anche che anni e anni di amicizia non potevano essere distrutti con poco. Sarebbero state per sempre sorelle.
"Tornerò, te lo prometto."
"Ti voglio bene."
"Anche io ti voglio bene."
Gli occhi lucidi di entrambe si incontrarono per l'ultima volta.
Layla aspettò di vedere la schiena di Stacy sparire dietro l'angolo, poi si voltò e con passo deciso oltrepassò la linea bianca sotto al cartello con la scritta *Check in*.
Dopo un anno di attesa ritrovò un aereo ad aspettarla.
In tasca un biglietto di sola andata per Parigi.

RINGRAZIAMENTI

Finire di scrivere un libro è sia gratificante che triste. Sono felice di esser riuscita a scrivere di nuovo di amore, auguro ad Alex e Layla la migliore vita felice. Ma allo stesso tempo mi dispiace doverli lasciare dopo che mi hanno accompagnata per un anno e qualche mese tra le strade della mia amata Parigi.
I luoghi descritti esistono tutti tranne l'ostello in cui lavora Alex, per ispirarmi mi son servita di un alloggio di Cracovia in cui ho lasciato parte del mio cuore. Non è un caso che Alex abbia delle origini straniere e che giochi a calcetto, suonerà strano ma l'idea di questo libro è nata prima in uno stadio, poi si è sviluppata tra i monumenti di Parigi. Per questo devo ringraziare mia sorella Elena che, finché ha potuto, è stata al mio fianco sugli spalti di uno stadio per noi molto importante, mio padre Massimo e Nadia che mi hanno portata in Francia anni fa ma a volte mi piace pensare di essere ancora lì.
Poi ovviamente qualche lampadina illuminante sono sicura sia venuta da mia madre Francesca in cielo, accesa come le stelle che amava tanto e in cui ora abita.
E come non ringraziare chi mi ha (ogni tanto) staccato dal pc, ovvero la mia seconda famiglia (lavorativa e non): i miei amici e sapete benissimo chi siete, a volte penso che senza voi proprio non saprei come fare.
Poi c'è Guido, mio fratello senza sangue, unico che sapeva che avevo intenzione di scrivere un altro libro e Gio, che riesce a trasformare la negatività del mondo in positività, che non fa mai male.

Mauro che mi ha convinta a scrivere anche quando non avevo idee, i suoi bellissimi fiori che rallegrano la mia casa e Carla perché in fondo abbiamo qualcosa in comune.

Alessandra AOC France/Italia che ha curato l'edit della copertina riuscendo a leggermi nella testa e mostrando una professionalità a oggi rara (a volte Facebook crea anche cose buone).

Tutte le persone che non hanno mai creduto in me, che mi hanno umiliata e derisa rendendo il mio carattere fortissimo e donandomi il coraggio di realizzare il mio sogno. La mia felicità la devo a voi, grazie di cuore.

E infine grazie a te che hai preso in mano questo libro e hai deciso di darmi un'occasione, spero che anche tu, come me, abbia ancora il coraggio di credere nell'amore anche se non riesci a trovarlo.

E nel caso in cui ti avessi deluso ti chiedo scusa, non era mia intenzione.

E infine grazie a Te (che lo sai di chi sto parlando, dai), perché, esattamente come dice Alex a Layla: "Avevo la mia vita sotto controllo, poi hai sorriso."

Printed in Poland
by Amazon Fulfillment
Poland Sp. z o.o., Wrocław